© 2025 Wolfgang Heithoff für Idee, Text und Bild

Verlag:
BoD · Books on Demand GmbH, Überseering 33,
22297 Hamburg, bod@bod.de
Druck:
Libri Plureos GmbH, Friedensallee 273,
22763 Hamburg

ISBN: 978-3-8192-2957-2

Mit der SMS „VATER, WIR HABEN EIN PROBLEM" endete das Buch **„Gottes Tochter trägt Prada"**.

Jesus und seine Schwester hatten sich darauf geeinigt, nicht zu ihrem Vater, Gott, zurückzukehren, sondern auf der Erde zu bleiben. Das Leben als Mensch war ihnen wertvoller als das göttliche Dasein.

Außerdem, Jesus war Vater geworden. Er hatte ein, nein, sogar zwei menschliche Wesen gezeugt. Wirklich gezeugt, nicht ‚einfach nur' erschaffen. Die Zwillinge Tom und Annika. Anna, die stolze Mutter, die Frau, die er liebte, das erste Mal wieder seit zweitausend Jahren. Die wollte er nicht noch einmal zurücklassen.

Und Elea? Da hatten sich auch einige Beziehungen angebahnt, am meisten Erfolg versprach wohl die mit dem Kreuzritter Peter.

Am 01.01.2025 war die Welt noch in Ordnung in der kleinen Familie, die gemeinsam an der bretonischen Küste Jesus Geburtstag feierte. Aber das blieb nicht lange so.

Der Vatikan, von Elea lächerlich gemacht, schlug zurück, perfider als mit den bisher so plumpen Mordversuchen an der Tochter Gottes.

Die Kreuzritter hatten sich erstaunlich bedeckt gehalten, nicht nur, um heimlich ihre Reichtümer umzuschichten. Sie beabsichtigten, abzuwarten, bevor sie für eine Seite Partei ergreifen wollten.

Die ersten Monate des Jahres waren angefüllt von Katastrophen, Schuldzuweisungen, einer Flut von Nachrichten über das göttliche Geschwisterpaar und einer Unmenge von Fake-News.

Wir nehmen den Faden wieder auf im Mai 2025. Eine engagierte Reporterin aus Deutschland, Sarah Greiner, macht sich auf nach Frankreich, um Licht in das Dunkel um Elea und Jesus zu bringen. Sie bringt dabei unerwartet auch Licht in ihre eigene Vergangenheit und in ihr Leben.

Wie sollte es auch anders sein, wenn man sich mit Gottes Sohn im Café trifft …?!

Gespräche mit Gottes Sohn

Inhalt

Wie alles begann

Heute ist Mittwoch, der 9. Mai 2025. Ich befinde mich in einer kleinen Stadt in der Bretagne, Le Croisic.

Hier, zwischen dem Marktplatz und dem Hafen dieses kleinen Städtchens in der südwestlichen Bretagne wandere ich auf und ab. Es ist herrliches Wetter, die Straßen sind fast menschenleer. Die Wellen der einsetzenden Flut schwappen an die Kaimauern. Ein paar kleine Fischerboote kehren mit ihrem Fang heim. Sie haben die Flut abgepasst, um sicher einlaufen zu können.

Möwen lauern bereits ringsum, in der Hoffnung, beim Ausladen der Kisten Beute machen zu können. Sie ziehen mit lautem Geschrei ihre Bahnen über den Köpfen der Fischer. Der Fischgeruch in der Luft vermischt sich mit dem Gestank nach Diesel, wenn eines der Boote mit einem Kran seine Kisten mit Fischen auslädt. Ein paar Minuten schaue ich noch den laut zankenden Möwen zu, dann wandere ich wieder langsam die breite Straße hoch zum Marktplatz.

Ich bin zu früh dran, meine Verabredung ist erst in einer halben Stunde, um 14 Uhr. Ich kann also noch etwas herumbummeln. Ein merkwürdiges Gefühl, jetzt hier zu sein.

Gestern Abend noch habe ich zuhause in Bielefeld in meinem Bett gelegen und mir Notizen für das heutige Interview gemacht. Das Angebot, überhaupt ein Gespräch mit ihm führen zu dürfen, hatte ich auch erst gestern Mittag bekommen.

Dann ging alles sehr schnell: Flug buchen, Anschlussverbindung mit dem Zug, Reisetasche packen,

Internetrecherche, schnell schlafen, früher Flug. Ich bin keine, die einfach so in ein Interview hineinschneit, ohne sich vorher ausreichend vorbereitet zu haben.

Damit will ich nicht sagen, dass die Journalisten, die so arbeiten, ihre Arbeit nicht gut machen. Sie arbeiten mit der Situation, stellen sich auf ihr Gegenüber ein und lassen das Gespräch fließen. Ich arbeite anders. Ich habe Fragen und ich suche Antworten.

Vor dem Schaufenster der kleinen Boutique bleibe ich stehe, prüfe mein Erscheinungsbild. Die langen braunen Haare sind leider vom Wind zerzaust, aber mit zwei Handgriffen habe ich sie schnell zu einem Zopf zusammengebunden. Für heute habe ich mich für einen sportlichen Look entschieden, Ledermokassins, Jeansrock und eine weiße Bluse. Nicht zu offen, ich will den Sohn Gottes ja nicht in Gewissenskonflikte bringen. Und das ist eine meiner vielen Fragen an ihn: Wie hält es der Sohn Gottes mit den Frauen?

Wo bleibt er nur? Der Kellner der Eisdiele schaut mir schon längere Zeit zu und winkt aufmunternd zu mir herüber. Warum nicht? Ein Kaffee wäre jetzt genau das Richtige. Und eine Eisdiele wäre auch genau der Ort, an dem man ungestört plaudern könnte. Ich rede nicht gerne, während ich spazieren gehe. Da genieße ich lieber das, was ich um mich herum wahrnehmen kann.

Der Kellner zieht freundlich den Stuhl vor, so dass ich Platz nehmen kann. Seine braunen Augen funkeln, ein unbeschreibliches Lächeln umspielt sein Gesicht. Nein, nicht nur sein Gesicht, irgendwie schon seinen gesamten Körper. Auf jeden Fall ist er kein Franzose. Italiener vielleicht, Südländer auf jeden Fall, ein Charmeur.

Mit einem gehauchten „*Bonjour Madame!*" schiebt er den Stuhl sanft unter meinen Hintern. Und dann, dann setzt er sich einfach auf den Stuhl mir gegenüber!

Ich stehe empört auf, er lächelt amüsiert.

„Sarah Greiner, wie ich vermute?"

Ich setze mich langsam wieder hin und nicke stumm, gerade etwas wortlos. Spontan muss ich an die ersten Worte von Henry Morton Stanley denken, als er den verschollenen David Livingstone nach Jahre langer Suche am Tanganjikasee fand: „*Doctor Livingston, I presume!*"

Er wird doch wohl kaum eines meiner Lieblingszitate im Sinn gehabt haben? „Ich dachte, Sie wären der Kellner!" stammele ich entschuldigend. Und dann setze ich entschlossener nach: „Und war etwas überrascht, dass Sie sich einfach an meinen Tisch setzen."

„Oh, das verwundert mich jetzt aber. Sehe ich tatsächlich aus wie ein Kellner?" Er spielt mit dem Zeigefinger an seinem Bart herum und schaut mich treu an.

„Nun ja! Irgendwie schon. Sonst hätte ich mich ja nicht so geirrt. Zumindest sehen Sie nicht aus, wie der Sohn Gottes!" Das muss gesessen haben!

„Was meinen Sie denn, wie sollte der Sohn Gottes denn aussehen?"

„Ach, irgendwie …" Ich ringe nach Worten, so kenne ich mich gar nicht. „Imponierender! Majestätischer! Eine unverkennbare, eindeutige Ausstrahlung, ja!"

Wieder krault er an seinem Bart, schaut mich prüfend an.

„Also reichen funkelnde Augen und ein unbeschreibliches Lächeln nicht aus, gepaart mit südeuropäischem Aussehen?"

Plötzlich muss ich schlucken und fühle mich ganz klein. Kann er Gedanken lesen? Sicherheitshalber frage ich das noch einmal laut.

„Können Sie Gedanken lesen?"

Der Sohn Gottes schüttelt den Kopf. *„Ich bin mir nicht sicher, ich glaube nicht. Zumindest habe ich es noch nie probiert. Es war in den letzten zweitausend Jahren wohl nicht notwendig."* Er schaut mich kurz an, als würde er doch in meinen Gedanken lesen, dann lacht er auf.

„Ach so, Sie meinen, was ich eben gesagt habe? So beschreiben mich viele. Habe ich schon oft gehört, diesen Satz."

Ich lasse es dabei bewenden, zufrieden bin ich mit der Antwort nicht. Ich bin verwirrt. Das darf nicht sein! Ich konzentriere mich. Dann kommt auch schon der Kellner, diesmal der richtige Kellner, und nimmt unsere Bestellung auf. Ich nehme einen Milchkaffee, mein Gegenüber einen Kaffee und einen Eisbecher mit besonders vielen Walnüssen. Dann endlich nehme ich den Gesprächsfaden wieder auf.

„Nun ja. Ich danke Ihnen, dass Sie sich Zeit für mich und meine Fragen genommen haben. Unsere Leserinnen und Leser brennen darauf, mehr darüber zu erfahren, was sich in den letzten Monaten wirklich zugetragen hat. Die Welt ist voll mit Berichten, Information, Geschichten und Lügengeschichten."

„Das sehe ich genauso. Wo wollen wir anfangen?"

„Nun, vorab eine Frage, sind Sie einverstanden, wenn ich dieses Gespräch aufzeichne?"

Mein Gegenüber nickt, ich stelle das kleine schwarze Diktiergerät auf den Tisch und schalte es ein. Meine erste Frage ist wohlüberlegt.

„Wie schon gesagt, die Welt ist voll mit Lügengeschichten und Betrügern, wie kann ich sicher sein, dass Sie wirklich der sind, für den Sie sich ausgeben, der Sohn Gottes? Sie werden ja keinen Ausweis haben, oder so!?" Ich versuche ein Lächeln. Irgendwie fühle ich mich gerade in meiner Rolle nicht wohl. Das Interview mit dem Dalai Lama war eine Leichtigkeit gewesen, aber hier, hier komme ich irgendwie nicht in Fahrt.

„Oh, das ist eine Leichtigkeit. Bis der Kellner kommt und unsere Bestellung bringt, darf ich Sie einladen zu einer kleinen Reise zurück in die Vergangenheit. So etwa zweitausend Jahre rückwärts. Bitte machen Sie es sich bequem und schließen Sie die Augen."

Das kommt mir zwar etwas merkwürdig vor, aber ich spiele mit. Ich werde bestimmt nicht noch einmal die Gelegenheit bekommen, mit dem Sohn Gottes, sofern er das wirklich ist, ein Interview zu führen. Ich nehme meine Sonnenbrille ab, lege sie auf den Tisch, und schaue mein Gegenüber auffordernd an.

„Nun, ich bin bereit, es kann losgehen. Was genau muss ich tun?"

„Nichts. Schließen Sie einfach nur die Augen und lauschen Sie meiner Stimme. Alles andere geschieht von alleine. Wie durch ein Wunder."

16

Er lächelt, oder grinst er? Ich schließe vorsichtig meine Augen, lasse sie aber einen Spalt geöffnet. Mein Gegenüber schaut mich an, verschränkt die Arme vor der Brust, er wartet. Gut!

Ich lehne mich auf dem weißen Holzstuhl zurück, falte brav die Hände über meinem Schoß und lasse mich ein auf das, was da kommen soll. Das warme Sonnenlicht legt sich auf meine Augenlieder. In der Ferne höre ich ein paar Kinder spielen, aus dem Eiscafé weht der typische süßliche Geruch herüber und vermischt sich mit dem Geruch des Hafens. Ich fühle mich glücklich, getragen.

Zweitausend Jahre rückwärts

Übergangslos befinde ich mich auf einer Straße im fernen Osten. Irgendwie weiß ich, es ist Jerusalem. Eine Stadt, die in den folgenden 2000 Jahren aufblühen, aber nicht zur Ruhe kommen wird. An den Rändern der Straße bieten Händler ihre Waren an, auf der Straße schieben sich bunte Menschenmengen in alle Richtungen, hin zur Tempelanlage und zurück. Einige bleiben zwischendurch an den Ständen oder Wagen stehen und prüfen die angebotenen Waren. Brot, Gewürze, Kräuter, Tücher und auch allerlei Töpfe und Vasen wechseln hier ihre Besitzer.

Ich genieße dieses Gewirr von Stimmen und Gerüchen, den warmen, trockenen Wind, der beständig durch die Straßen weht und auf der Haut brennt. Kinder rennen schreiend kreuz und quer herum, zupfen an Schürzen ihrer Mütter oder jagen sich mit Schwertern aus Holz und Schilden aus Weidengeflecht.

Es ist heiß hier, trotz des Windes. Der letzte Regen ist schon vor Wochen gefallen. Bunte Tücher aus Seide und Baumwolle flattern lustig im Wind, das flapp-flapp-flapp ist eine musikalische Untermalung zu dem allgegenwärtigen Stimmengewirr. Ich höre Esel schreien und Hühner gackern.

Zwei römische Soldaten treten forsch an einen Stand mit Weinamphoren heran. Ihre Rüstungen blitzen im Schein der Sonne an einigen Stellen auf, man sieht aber auch Beulen und Dellen, die von vielen Kämpfen erzählen. Der rote Baumwollstoff leuchtet an den Schultern aus dem Silber des Brustpanzers hervor, die Helme tragen sie lässig auf dem Kopf, der Kinnriemen baumelt locker.

Sie scheinen mit dem Preis oder der Qualität der Ware nicht

18

einverstanden zu sein, eine kurze, lebhafte Unterhaltung beginnt. Der größere Soldat greift den Händler beim Gewand und schüttelt ihn. Es schreit ihn an, unbeherrscht, wütend. Dann lässt der Soldat den Mann unvermittelt los, dieser sackt in sich zusammen. Wortlos reicht er den beiden Legionären eine Amphore, der erste Soldat greift zu. Der zweite, kleinere, hebt die rechte Hand, als wolle er zum Schlag ausholen, aber das ist nur eine Geste, um dem Händler noch mehr Furcht einzuflößen. Das zeigt Wirkung. Der Weinverkäufer duckt sich und händigt die zweite Amphore aus.

Der kleinere Soldat mit dem roten Haar greift zu, grinst seinem Soldatenkumpel zu, dann reihen sich beide Soldaten in den Strom der Menschen auf der Straße ein und tauchen in der Menge unter.

Der Händler kratzt seinen krausen Bart, dann richtet er die umgekippten Amphoren in seiner Auslage wieder auf und beginnt erneut, seine Waren anzupreisen. Er sieht nicht mehr, wie die beiden Soldaten sich mit den illegal konfiszierten Amphoren zuprosten.

So gehen Sie lästernd weiter Richtung Palast. Ein letzter Schluck noch aus der Amphore, dann putzen sich beide zeitgleich mit dem Handrücken den Mund ab. Die Karaffen fliegen in einem hohen Bogen gegen eine Häuserwand auf der rechten Seite und zerplatzen krachend. Tonscherben rieseln mit der restlichen Flüssigkeit auf den Boden. Ein grauer Straßenköter bellt verschreckt laut auf, zieht dann aber gleich wieder den Schwanz ein und verschwindet um die Ecke.

Die beiden Legionäre schreiten, leicht wankend, im Gleichschritt auf das offene Tor zu. Die Sandalen knarren auf dem Holz der Zugbrücke. Ein Schlag mit der Faust an den Brustharnisch, dann die Rechte zum Gruß gestreckt. Perfekt im gleichen Takt. Der wachhabende Soldat lässt beide passieren. Er kennt sie, sie gehören seiner Kohorte an.

Plötzlich marschieren zwei neue Wachsoldaten auf seinen Posten zu. Die Wache schaut ihnen verwundert entgegen, da es noch gar nicht die Zeit der Wachablösung ist. Die beiden Soldaten bauen sich vor ihm auf, er erwidert den krachenden Gruß und zieht fragend eine Augenbraue hoch.

„Wir sollen dich verstärken, Longinus. Es gibt Gerüchte, dass in der Stadt eine Revolte geplant ist. Für heute Nacht sind alle Sicherheitsmaßnahmen verdoppelt worden, es gilt eine Ausgangssperre für alle."

„Ja, ja! Ich habe diese Gerüchte auch schon gehört, die gibt es immer mal wieder. Aber keine Sorge, Jerusalem ist schließlich nicht Rom. Hier gibt es immer wieder einmal Auseinandersetzungen mit der heimischen Bevölkerung, das ist nichts Besonderes." Er versucht, die Besorgnis seiner Wachkameraden zu zerstreuen. Aber ein Soldat hakt nach.

„Vielleicht hat das alles mit diesem Prediger zu tun, diesem Nazarener. Jeshua nennen sie ihn. Ihm wird nachgesagt, er stachele die Einheimischen an, sich gegen das mächtige Rom aufzulehnen."

Plötzlich kommt Nebel auf, verwischt meine Sicht.

Jeshua?! Jesus?

Wieder im Hier und Jetzt

Diese Worte holen mich wieder ins Hier und Jetzt zurück. Entgeistert schaue ich mein Gegenüber an, halte mich an der Tischkante fest. Ich bin wieder hier!

„Was war das? Was habe ich da gerade erlebt?"

Er schaut mich aufmunternd an. „*Wie war das? Wie war Ihre ‚Reise nach Jerusalem'?*" fragt er knapp.

Ich bin immer noch überwältigt von dem, was ich eben erlebt habe. Ja, ich muss wirklich ‚erlebt' sagen. Ich habe schon Rückführungen mitgemacht, Traumreisen und Hypnosesitzungen. Aber das hier eben, das war nichts im Vergleich mit all dem. Ich war wirklich dort, ich habe das wirklich erlebt! Ich will seine Frage beantworten, aber winkt ab.

„Ich habe Sie an meinem Leben damals teilhaben lassen. Das war kein Trick, ein Teil von Ihnen war wirklich da. So lässt es sich leichter vermitteln, was geschah. Worte werden dem nicht gerecht."

„Nun ja, das kann ich nur bestätigen. Trotzdem, ein bisschen Zweifel bleiben noch bestehen. Ich will jetzt aber auch kein Wunder erwarten, oder so."

Er lächelt, grinst eher.

„Oder doch. Ach nein! Bislang habe ich immer das richtige Gefühl für meine Interviewpartner gehabt, da werde ich mich heute auch nicht täuschen lassen. Nun, machen wir weiter. Ich habe jetzt einen wunderschönen Einblick in die Zeit vor ca. 2000 Jahren bekommen, aber wo kommen Sie da ins Spiel? Wo ist die Antwort auf meine Frage?"

„Die kommt nach dem Kaffee.“

Der Kellner stellt unsere Bestellung auf den Tisch und entfernt sich wieder. Er lächelt, oder grinst er?

Jesus greift nach seiner Tasse und saugt den Duft des heißen Kaffee mit seiner Nase auf. *„Das habe ich von meiner Schwester gelernt. Sie ist erst seit kurzem hier und hat noch ein Gefühl dafür, wie schön es ist, mit allen Sinnen zu genießen, nicht einfach nur zu konsumieren.“*

„Aha!“ Ich hake sofort nach. „Das heißt, Ihnen sind im Laufe ihres … Lebens … kann ich Leben sagen, oder?“

Er nickt langsam.

„Ach, Ihnen sind also in all den Jahrhunderten die Sinne verloren gegangen? Das würde unsere Leserinnen und Leser sicherlich interessieren. Mein Gott, ich weiß gar nicht, wo ich mit all den Fragen anfangen soll.“

„Am besten, Sie fragen erst mal gar nichts, sondern hören zu. So verstehen Sie mehr.“

Während ich ihn aufmerksam anschaue, beginnt er, mit dem Löffel vorsichtig etwas von der Sahne aufzunehmen und langsam in den Mund zu stecken. Er schließt die Augen und genießt. Dann nimmt er einen Löffel Eis, wobei er darauf achtet, auch eine große Walnuss zu erwischen. Wieder dieses genussvolle Augenschließen, die Mundwinkel fahren nach oben.

Meine Mundwinkel hingegen rutschen langsam Richtung Boden. Ich warte hier auf eine Antwort, und er schwelgt in seinem Eisbechergenuss. Noch zwei Löffel, dann ist es mit meiner Geduld zu Ende.

„Nun?!", frage ich auffordernd, etwas lauter als gewollt.

„Nun was?" Jesus schaut mich mit treuen Augen an.

„Ich warte noch auf eine Antwort. Sie haben gesagt, ich solle zuhören!" Ich beuge mich auffordernd nach vorne. „Ich höre."

„Aber ich esse gerade. Ich kann doch nicht gleichzeitig essen und reden." Er schaut mich mit großen Augen fast hilflos an. Ich kann das irgendwie nicht fassen. Dieser Mann soll der Sohn Gottes sein und löffelt da an seinem Walnusseisbecher herum, während die Welt nach Antworten sucht, nach Wegen aus den vielen Krisen.

Mit einem Schlag ändert sich sein Gesichtsausdruck, Jesus wird ernst. *„Natürlich könnte ich das tun, aber ich will es nicht. Sicherlich kennen Sie den Spruch aus dem Zen-Buddhismus: ‚Tue, was du tust‘."*

Ich nicke, verstehe. Glaube ich zumindest. Irgendwie bringt mich dieser Mann aus meiner Reserve, aber das Interview ist viel zu wichtig, um es jetzt einfach abzubrechen. Also setze ich mich wieder zurück in meinem Stuhl, nehme den Milchkaffee und versuche, jeden Schluck zu genießen, während mein Gesprächspartner schweigend sein Eis isst.

Es ist immer noch ruhig auf diesem kleinen Platz, in der Bar gegenüber sitzen vier Männer an einem Tisch und schweigen vor sich hin, nippen hin und wieder an einem Glas Weißwein. An einem anderen Tisch sitzt ein Pärchen, der Kleidung nach Touristen, und tippen wortlos irgendwelche Mitteilungen in ihre Handys.

Eine Frau in einer für die Fischer typischen grünen Gummi-Latzhose zieht einen Handkarren mit frisch gefangenem

Fisch an uns vorbei. Für einen Moment wechselt der allgegenwärtige Geruch. Statt süßlich riecht es nach Fisch, aber das geht schnell vorüber. Ich schaue der Fischerin nach, bis sie um die nächste Hausecke verschwindet. Wie unterschiedlich doch die Lebensperspektiven und Berufswünsche sind. Ob sie mit ihrem Leben glücklich ist?

„Sind Sie mit ihrem Leben glücklich?" fragt mich Jesus unerwartet und reißt mich aus meinen Gedanken. *„Ich meine, jeden Tag auf's Neue in die Welt hinausgehen und Geschichten suchen, die andere Menschen interessieren, ist das das, was Sie immer gewollt haben?"*

Ich zucke ein wenig zurück. Ich bin doch die, die hier die Fragen stellt. Und überhaupt, wie kommt er jetzt auf diese Frage? Er muss Gedanken lesen können. Ich beuge mich vor.

„Nun, kommen wir zurück auf meine Frage. Das mit den verloren gegangenen Sinnen, das heben wir uns für später auf. Ich habe hier eben eine wirklich überwältigende Zeitreise gemacht, habe mich wirklich so gefühlt, als wenn ich es live erleben würde. Aber wo sind Sie in dieser eben erlebten Welt? Wo kommen Sie ins Spiel? Darum geht es hier ja!"

Seine braunen Augen scheinen zu leuchten, als er anfängt zu erzählen.

„Das war meine Zeit in Jerusalem, die Zeit, in der ich gefangen genommen und in den Kerker geworfen wurde. Angeblich hatte ich das Volk zur Revolte gegen die Römer aufgerufen.
Natürlich war das nicht wahr. Ich habe den Menschen nur bewusst gemacht, in welcher Situation sie waren. Ich habe ihnen gezeigt, dass es auch Möglichkeiten gibt, das eigene Leben selbst in die Hand zu nehmen. Ich habe ihnen

24

gepredigt, dass jeder für sein Leben selbst verantwortlich ist.

Als damals draußen die Wachen verdoppelt wurden, war ich bereits im Gefängnis, hinter hohen Mauern weggesperrt. Ich saß in einem dunklen, muffigen Kerker und schnitzt aus einem Stück Holz eine Flöte. Es war warm und stickig in dem gemauerten Raum, Licht kam nur durch ein kleines vergittertes Fenster. Das Stroh roch muffig. Wenn es einmal etwas Wasser gab, wurde es getrunken. Waschen war dort ein unbekanntes Wort.

Mir lief der Schweiß von der Stirn und aus meinen Haaren. Damals waren sie noch lang. Immerzu musste ich meine Stirn mit den Ärmeln meines Gewandes abtupfen. Es war unerträglich warm in dem Kellerverlies.

Zu meinen Füßen hatte sich ein kleiner Haufen Rinde und Holzspäne angesammelt. Ich brauchte Abwechslung, also schnitze ich stundenlang an meiner Flöte."

Jesus unterbricht seine Geschichte, schaut mich ernst an. Und ich war gerade so schön in seiner Erzählung gefangen gewesen.

„Die hier ... ", er zieht eine Flöte aus seinem Hemd hervor, *„habe ich damals geschnitzt. Es gibt sie heute noch!"*

Und schon setzt er sie an die Lippen und bläst hinein. Grausam! Als wenn eine Drossel schreiend vom Baum fällt.

Jesus schüttelt verzweifelt den Kopf. *„Das Holz war damals wohl doch zu feucht gewesen, und es war ohnehin meine erste Flöte. Aber sie ist mir bis heute treu geblieben."*

Er reicht mir die Flöte über den Tisch, ich schaue sie prüfend an. Ein einfaches Instrument, nur vier Löcher, aber immerhin, ich halte eine zweitausend Jahre alte Flöte in der Hand. Die Flöte von Jesus, dem Sohn Gottes. Welchen Preis ich bei eBay wohl dafür erzielen würde? Ich gebe sie zögernd zurück.

Er steckt sie ein, lacht, schwelgt in der Erinnerung, seine Augen blicken in die Ferne.

„Als sie fertig war, blies ich mit aller Kraft hinein. Die Reaktion meiner Kerkergenossen ließ nicht lange auf sich warten. Krachend zerplatzte an der Wand neben mir ein Becher aus Ton. Aaron, der Fischer, war der Absender dieser stillen Botschaft: „Ruhe!"

Schnell steckte ich die Flöte ein. Einen Streit wollte ich dort nicht heraufbeschwören.

Aaron sollte am nächsten Tag wegen Mordes gekreuzigt werden. Der Prozess war allerdings reine Formsache, das Urteil war vorhersehbar, es schien angemessen. Aaron war ein Mörder, ein mehrfacher. Und er bereute keine seiner Taten. Ein unangenehmer, lauter Zeitgenosse, der nur seine eigenen Interessen im Kopf hatte und diese erbarmungslos durchsetzte.

Latros, der freundliche Grieche, hingegen, hatte ein Verhältnis mit der Tochter der Präfekten angefangen. Sehr zum Missfallen ihres Vaters, der ihm einen Mord unterschob und ihn ebenfalls am nächsten Tag zum Tode verurteilen lassen wollte. Als Besatzungsmacht war man auch Herr der Rechtsprechung.

Der stille Grieche nahm das alles sehr gelassen hin. Wenn es so sein sollte, dann würde er am nächsten Morgen

Mich fröstelt. Eine kalte Brise weht vom Hafen durch die kleine Straße herüber. Dieser Mann hat ein unglaubliches Talent, zu erzählen. Es ist, als erlebe ich die geschilderte Situation hautnah. Allerdings nicht zu vergleichen mit der ,Reise in die Vergangenheit', die er am Anfang mit mir unternommen hat.

Mein geplantes Interview ist jetzt schon völlig aus dem Gleis gelaufen, ich habe noch keine meiner vorbereiteten Fragen stellen können. Aber Jesus hat Recht, es ist viel leichter, einfach zuzuhören, statt viele Fragen zu stellen. Ich werde ihn erst einmal weitererzählen lassen. Vielleicht kommt da ja ein ganz neuer Beitrag heraus? Wann hat jemals jemand die Chance gehabt, die Lebensgeschichte Jesus aus erster Hand erzählt zu bekommen?

Nun ja, Luther wahrscheinlich. In seinem Werk ,Fünf Bände über das Leben Jesus' hat er Bezug genommen auf eine Reise, die er 1510 mit Jesus nach Rom unternommen haben will. Das ist meine Chance, mir die Authentizität dieser Reise bestätigen zu lassen.

„Verzeihen Sie, wenn ich unterbreche. Da kommt mir gerade eine Frage, die ich unbedingt loswerden möchte."

„Nur zu."

„Nun, es ist so, dass ich es im Laufe unseres bisherigen Gespräches wirklich zu schätzen weiß, so viele Informationen aus Ihrem Leben aus erster Hand zu bekommen. Schließlich galten Sie ja fast zweitausend Jahre als ,verschollen' oder ,untergetaucht', wie auch immer man das nennen will."

„Ich war immer da!“ Jesus lächelt unschuldig.

„Ja, und genau davon möchte ich mehr erfahren. Natürlich auch über die Ereignisse seit Mai 2024, wo Sie vor den Augen der Öffentlichkeit plötzlich verschwunden sind. Dieses Ereignis hätte fast zum Sturz des Papstes und der Auflösung der Kreuzritter geführt. Und dann tauchte auch noch Ihre Schwester auf, um alles noch einmal kräftig durcheinander zu mischen.“

„Das ist wirklich eine sehr knappe Zusammenfassung der Ereignisse.“ Er lacht und bestellt mit einem Fingerzeig zum Kellner einen neuen Eisbecher. Ich schließe mich an und deute auf meinen Milchkaffee.

„Nun, zu dem Teil kommen wir ja noch ausführlich. Was mich jetzt gerade interessiert sind Luthers ‚Fünf Bände über das Leben Jesus‘. Es wird viel darüber spekuliert, ob sie auf einem wahren Treffen beruhen oder seiner Phantasie entsprungen sind.“

Jesus schaut kurz nach oben, so, als wenn seine Erinnerungen durchforsten will. Dann sagt er langsam: *„Ja, ich habe Martin Ende 1510 in Nürnberg auf meiner Reise nach Rom kennen gelernt. Wir sind dann etwa einen Monat zusammen unterwegs gewesen und er hat sehr eifrig alle meine Geschichten niedergeschrieben. Es war eine schöne Zeit, der Mann war voller Ideen und sehr gläubig. In dieser Zeit hätte es mehr Männer wie ihn gebraucht.“*
„Reise nach Rom? Das kann man sich heutzutage ja gar nicht mehr vorstellen, wie beschwerlich das gewesen sein muss. Ohne Busse, Autos oder Züge, oder gar das Flugzeug.“

„Das stimmt, die Menschheit hat jetzt die Möglichkeit, sich schneller von A nach B zu bewegen. Ich würde sagen, sie

entfernt sich dadurch immer schneller von sich selbst.“

„Hmmh, das ist aber eine gewagte Aussage. Wenn ich reise, bin ich doch immer dabei, egal ob zu Fuß oder im Flugzeug.“

„Meinen Sie? Als sie heute hierhin geflogen sind, was haben Sie im Flugzeug getan?“

„Nun, ich habe mich auf unser Interview vorbereitet, ein paar alte Artikel gelesen und versucht, in den Archiven von *‚Antenna-Dei‘* etwas Interessantes zu finden, das mir weiterhelfen könnte.“

„Wie hieß Ihr Sitznachbar?“

Ich zucke mit den Achseln, blöde Frage.

„Welche Farbe hatte sein Hemd?“

Ich zucke wieder die Achseln, verstehe jetzt aber, worauf Jesus anspielt. Doch er kommt mir zuvor.

„Wie ich es gesagt habe. Ihr Körper saß in dem Flugzeug, aber Ihre Gedanken, Ihre Aufmerksamkeit, waren ganz woanders. Das meine ich, wenn ich sage, Sie entfernen sich von sich selbst. Sie entfernen sich vom Hier und Jetzt in eine Vergangenheit, die längst passé ist, oder in eine

Zukunft, die Sie sowie nicht vorhersehen können.“

„Nun, mir scheint, wir kommen hier schon wieder vom Thema ab. Wo waren wir? Ach ja, bei Martin Luther und ihrer gemeinsamen Reise nach Rom. Wenn ich Sie richtig verstanden habe, waren Sie auf dem Weg nach Rom und er hat sich Ihnen angeschlossen?“

Jesus nickt, aber ich bin nicht ganz sicher, ob das eine Antwort auf meine Frage oder ein Dankeschön für den Kellner ist, der gerade den Eisbecher auf den Tisch stellt. Ich danke kurz für meinen Milchkaffee und schaue mein Gegenüber fragend an.

„Ja!", antwortet er knapp. *„Die Fortsetzung folgt gleich, jetzt und hier habe ich einen Eisbecher, wirklich einen der besten der Welt, und den kann ich unmöglich genießen, während ich von lang vergangenen Zeiten erzähle."*

Jesus greift nach der Waffel, die oben in der Sahne steckt. *„Genießen Sie Ihren Milchkaffee!"*

Ich rolle meine Augen nach oben. Nicht schon wieder! Jetzt kann ich ihm wieder dabei zusehen, wie er genussvoll einen Löffel Eis nach dem anderen in den Mund steckt?! Diesmal, diesmal drehe ich den Spieß um, ja! Ich werde meinen Milchkaffee schlürfen, gaaanz langsam, mit Bedacht, jawohl. Dann muss **er** auf mich warten.

Meine Gedanken kreisen um den für heute Abend geplanten Rückflug und die Frage, ob ich es noch rechtzeitig bis Redaktionsschluss schaffen werde, zumindest die Fahne des Artikels zu schreiben. Ich nippe an dem Milchkaffee. Er schmeckt wirklich vorzüglich, das war mir bei der ersten Tasse gar nicht aufgefallen. Das Aroma ist sehr intensiv, ich ziehe vorsichtig den Geruch durch die Nase ein. Dabei fällt mir auf, dass ich noch nie bewusst an meinem Kaffee gerochen habe. Klar, der Geruch zieht immer durch das Büro oder meine kleine Küche, ist eine Zeit lang präsent, dann verschwindet er im Filter des Unbewussten.

Für das nächste Mal nehme ich mir vor, meinen Kaffee mehr zu genießen. Ich schaue auf die Speisekarte.

Biologisch angebauter Kaffee aus Nicaragua. Milch von Kühen hier aus der Gegend, sogar der Name des Bauernhofes ist angegeben. Das ist natürlich schon etwas Besonderes. Und wirklich, er schmeckt besser als jeder andere Kaffee vorher. Auch, das muss ich zugeben, als sein Vorgänger vor einer halben Stunde. Es liegt wohl doch nicht nur an dem Kaffee, sondern auch an mir. Ich schließe die Augen, spüre die Sonne in meinem Gesicht, höre das leise Klimpern der Schiffsmasten im Hafen, genieße einen Schluck nach dem anderen.

Plötzlich rüttelt jemand an meiner Schulter.

„Wollen wir weitermachen?"

Ich schaue in Jesus Gesicht, der mich freundlich anlächelt, spüre seine warme Hand auf meiner Schulter. Eine wunderbare Energie durchströmt mich. Dann schaue ich auf den Tisch, der Eisbecher ist leer. Hat er jetzt so schnell gegessen oder habe ich die Zeit verloren?

„Haben Sie den Kaffee genossen? Sie sahen so verzückt aus, bei jedem Schluck. Ganz anders als eben noch."

Etwas verwirrt schüttele ich den Kopf, dann nicke ich. „Ja, danke. Ich habe ihn wirklich genossen. Und ja, wir wollen weitermachen." Ich stelle die leere Tasse auf dem Tisch ab, streiche meinen Rock glatt und setze mich wieder aufrecht direkt an den Tisch.

„Nun, vielleicht fangen wir wieder da an, wo Sie eben aufgehört haben. Im Jerusalem der 30er Jahre. Da fällt mir auf, ich sitze hier am Tisch mit dem Mann, nach dessen Geburtstag sich die Zeitrechnung ausgerichtet hat. Das ist schon irgendwie… abgefahren. Mir fällt da gerade kein anderes Wort ein."

„Ja, ich muss damals auf Fabius Octopus einen besonderen Eindruck gemacht haben. Er gründete damals den Orden der Kreuzritter, deren ausschließliche Aufgabe es war, mich aufzufinden und dann auf den Thron als König Jerusalems zu setzen. Und meinen Geburtstag hat er als Beginn der neuen Zeitrechnung genommen."

„Sicherlich haben Sie ihn beeindruckt. Schließlich hat er sein ganzes Leben der Suche nach Ihnen gewidmet. Kann man sagen, dass er einer der ersten Gläubigen war?"

„Ach, das würde ich nicht so nennen. Aber er war einer der Menschen, die schon damals das, was ich zu sagen hatte, für wichtig befunden hatten. Ohne ihn wäre ich sicherlich heute nicht hier."

Jesus Flucht vor der geplanten Kreuzigung

„Wie meinen Sie das? Spielen Sie auf Ihre damals geplante Kreuzigung an?"

„Ja, wenn die Geschichte so stimmt, wie man es damals erzählte, und heute ja auch noch, dann verdanke ich meinen Weg aus dem Kerker einer Zahlenreihe in einem Würfelspiel."

„Nun, das ist doch sehr weit hergeholt. Da waren ja auch noch andere Menschen beteiligt, und sicherlich auch noch eine höhere Macht." Ich schaue bedeutungsvoll nach oben, gen Himmel.

„Glauben Sie, Ihr Vater hätte Sie einfach kreuzigen lassen? Jesus, sind Sie sterblich?"

„Ich glaube, nicht. Zumindest ist in den letzten mehr als zweitausend Jahren nichts geschehen, das mich hätte töten können."

„Aber generell wäre es möglich?"

„Das kann ich wirklich nicht sagen, bisher war es wohl nicht erforderlich. Die Geschichte der Menschheit braucht einen lebendigen Gottessohn, denke ich."

Jesus Stirn zieht sich in Falten, ein kalter Wind weht, mich fröstelt. Dann hellt sich seine Miene wieder auf, er lächelt mich an.

„Wissen Sie, Sie kennen bestimmt die Chaos-Theorie. Die Annahme, dass zum Beispiel der Flügelschlag eines Schmetterlings in Bolivien das Wetter in Frankreich

*beeinflussen kann? Ich denke, so ähnlich war es auch
damals, als ich im Kerker in Jerusalem an meiner Pfeife
schnitzte."*

Mit einer langsamen, liebevollen Handbewegung lässt er
die Flöte wieder aus seiner Hemdtasche gleiten.
Tatsächlich gleitet sie, er berührt sie nicht, sie schwebt in
seine Hand, während er weitererzählt.

*„Während ich unten im Kerker saß, trafen sich auf der
anderen Seite der Mauern Pontius Pilatus und sein
Weggefährte Claudius Octopus zum allabendlichen
Würfelspiel. Musik spielte und ein leichter Geruch von
gebratenem Fleisch wehte bis nach unten in den Kerker.*

*Die Beiden waren schon sehr betrunken. Fabius Octopus
hatte viel Geld verloren, der Stadthalter war gereizt und
müde. Er wollte das Spiel beenden und ins Bett gehen. Aber
der Tuchhändler forderte noch eine Revanche. Und da kam
ich ins Spiel.*
Oh, ein schönes Wortspiel, nicht wahr?"

Ich schaue in das Gesicht des Mannes, der mir eben davon
erzählt, dass sein Leben der Einsatz bei einem Würfelspiel
war. Er scheint nicht besonders beeindruckt, er verzieht
keine Miene.

*„Pontius Pilatus hatte Angst vor der Stimmung in
Jerusalem, wenn er mich kreuzigen würde. Aber er konnte
es sich auch nicht leisten, mich freizusprechen. Also setzte
er alles, was er an dem Abend gewonnen hatte, und mich
als Zugabe, gegen Haus und Hof seines Mitspielers.*

*„Einverstanden!", sagte der. „Und wenn ich gewinne,
kröne ich ihn zum König der Juden." Damit wollte
Claudius Octopus natürlich sein Gegenüber reizen. Aber
der Stadthalter ließ sich nicht beeindrucken. Er stimmte zu*

34

und griff gleichzeitig nach dem Würfelbecher und dem Weinkrug.

Lustig, in diesem Moment entstand das Symbol der Kreuzritter. "

Jesus zeichnet langsam ein Kreuz in die Luft.

„Ich weiß, auf welche Geschichte sie anspielen. Stimmt das denn wirklich?"

„Ich war ja nicht dabei. Ich saß weiter unten im Kerker. Aber später erzählte man sich, dass genau in diesem Moment, als ich der Spieleinsatz war, der Stadthalter sich mit Rotwein bekleckerte. Als dann die Diener seine weiße Tunika trockenwischen wollten, einer von rechts und einer von links, sei dadurch dieses Kreuzzeichen entstanden. Und blutrot war es. Oder weinrot, wenn Sie so wollen. "

Er lacht über seinen eigenen Witz.

„Fabius starrte sein Gegenüber erst nur sprachlos an, aber später erschien diese Situation immer wieder in seinen Gedanken. So kam er auf das Symbol des roten Kreuzes auf weißem Grund für seine Kreuzritter. Wäre das nicht geschehen, wer weiß, wie sie heute heißen würden? Würfelritter, Becherritter oder sonst wie.

Genug gescherzt! Pontius hatte von all dem auch gar nichts mitbekommen, er tauchte seine Hände in eine Schüssel mit Wasser, die ihm die Bediensteten reichten, und wusch sie ergiebig. Und dann würfelte er.

Ich wurde wirklich vermarktet wie ein Stück Vieh. Er hatte Pech, der Tuchhändler gewann, das ist die Kurzfassung der Geschichte.

Natürlich ahnte ich unten im Keller nichts von alldem. Und als sich wenig später meine Kerkertür öffnete, sah ich mein Heil nur in einer sofortigen Flucht aus Jerusalem. Noch in dieser Nacht stahl ich einen Esel und ritt aus der Stadt hinaus. Ich wusste damals noch nicht, was geschehen war, ich dachte nur, ich hätte einfach Glück gehabt."

So, als wolle er sich entschuldigen, zieht Jesus die Schultern nach oben. Ich brauche einen Moment, um aus der Geschichte aufzutauchen und mich wieder an diesem kleinen Cafétisch einzufinden. Ja, erzählen kann er wirklich, der Sohn Gottes. Aber, da war noch etwas, in seinem letzten Satz!

„Haben Sie eben ‚gestohlener Esel‘ gesagt? Ist das nicht ein Verstoß gegen eines der zehn Gebote?"

„Welches meinen Sie?"

„Schauen Sie nicht so scheinheilig! Ich glaube, das achte ist es: Du sollst nicht stehlen!"

„Ach, das meinen Sie. Es war ja kein wirklicher Diebstahl. Nikolas stand an der Straße herum und wusste nicht, wo er hingehörte. Als ich ihn fragte, ob er Lust auf einen kleinen Ausflug hätte, stimmte er sofort zu."

„Der Esel?"

„Ja. Und ich bin mir sicher, er hat es nicht bereut. Sie können ihn gerne fragen!"

„Den Esel?"

„Ja, er wohnt im Moment in einem Zoo in Münster und erfreut sich bester Gesundheit."

„Der Esel? Wohnt? In Münster? Äh, kann ich vielleicht doch einmal Ihren Ausweis sehen?"

„Fällt Ihnen das Glauben so schwer?"

Ich muss mich wieder sammeln. Die Geschichte von der Entstehung des Symbols der Kreuzritter, auch das Würfelspiel, das waren ja alles überlieferte Geschichten. Aber ein zweitausend Jahre alter Esel? Ich habe das Gefühl, mein Gegenüber nimmt mich auf den Arm.

Ich schaue ihn prüfend an. Sandalen, Jeanshose, hellblaues Hemd, beiges Jackett, kurz geschnittenes, welliges Haar, weiße Baseballkappe, makellos weiße Zähne, dieses Lächeln … Er gibt mir dieses Gefühl von vollkommener Zufriedenheit. Wenn ich hier nicht dem Sohn Gottes gegenübersitze, wem dann? Ich ergebe mich.

„Nun, dieser Nikolaus …"

„Nikolas!" Er berichtigt mich.

„Dieser Nikolas, er hat Sie also bis in die heutige Zeit begleitet? Waren Sie immer zusammen unterwegs?"

„Nein, nicht immer, aber wir sind schon sehr treue Weggefährten. Gerade in den ersten Jahren nach meiner Flucht aus Jerusalem waren wir unzertrennlich. Er war auch dabei, als ich das erste Mal Kontakt mit meinem Vater hatte. Vermutlich kennen Sie die Geschichte mit dem brennenden Dornbusch?"

Ich nicke. „Ja, aber ich würde mich freuen, Ihre Version zu erfahren. Also, wie es wirklich gewesen ist. Und unsere Leserschaft sicherlich auch."

Ein kurzer Blick auf das Diktiergerät, die rote Lampe ist noch an, es kann weitergehen.

„Nikolas und ich waren Hals über Kopf aus Jerusalem geflohen, ich hatte auch keine Zeit mehr gehabt, mich von meinen Eltern zu verabschieden. Und von Magdalena, meiner Frau."

„Es gab sie also tatsächlich, Magdalena? Sie sind verheiratet gewesen? Oder immer noch? Lebt sie noch? Wo ist sie? Auch in Münster?"

Ich scheine mit meinen Fragen einen wunden Punkt getroffen zu haben, Jesus sieht plötzlich sehr traurig aus. Seine Augen werden feucht. Ich schweige. Schließlich ergreift er wieder das Wort.

„Ja, natürlich war ich verheiratet, wie jeder junge Mann damals. Aber sie ist den Weg gegangen, den alle Menschen irgendwann einmal gehen, so ist es vorgesehen, sie ist gestorben."

Ich verzichte darauf, zu fragen, weshalb der Esel dann nicht sterben musste, sondern hake nach.

„Wie ist dies vereinbar damit, dass der Oberste der Kirche, also Sie, selbst einmal verheiratet war. Halten Sie es für nötig, dass die Priesterehe wieder eingeführt wird?"

„Zum Ersten bin ich nicht der Oberste der Kirche, das ist der Papst. Kirche und Glauben sind zwei verschiedene Sachen. Zum Zweiten sind das Regeln, die ihr selbst gemacht habt. Warum soll ich mich da einmischen? Wenn euch eure Regeln nicht gefallen, könnt ihr sie ja ändern. Wie damals auch. Ihr habt immer eine Wahl."

Wieder schaut Jesus mich mit großen, traurigen Augen an.

„Ich würde jetzt gerne mit der Geschichte fortfahren.

Wir waren sieben Tage in der Wüste unterwegs. Die Vorräte an Nahrung und Wasser, mit denen der Esel glücklicherweise beladen gewesen war, waren bald aufgebraucht. Die Sonne brannte unbarmherzig vom Himmel, nirgendwo war eine Chance auf Schatten zu sehen.

Ich stieg vom Esel und gab ihm aus dem Wasserschlauch den letzten Rest an Wasser zu trinken. Gedankenverloren streichelte ich sein graubraunes Fell. Es war lang, verfilzt und stank ein wenig. Nikolas schien das Kraulen zu genießen. Er hob zufrieden den Kopf und schaute mich mit großen Kulleraugen an.

Dann setzte ich mich auf den Sand und rückte in seinen Schatten. So hatte ich wenigstens etwas Kühlung. Ich schaute in die Ferne. Irgendwo dort hinten musste das Meer der Wüste sein, das salzige Meer. Dort hoffte ich einen alten Freund, einen Nabatäer, zu treffen, der uns Unterschlupf gewähren konnte. Ich brauchte Zeit um nachzudenken.

Der Sonne brannte, der Sand wurde immer heißer. Ungewöhnlich heiß. Ich schaute in die Richtung, in die nun auch Nikolas verstört blickte. Der trockene Busch, an dem wir eben vorbeigekommen waren, brannte. Ich stand langsam auf und ging vorsichtig darauf zu. Irgendetwas machte mich stutzig. Dann fiel es mir auf. Die Farbe der Flammen war ungewöhnlich. Der Busch brannte in allen Farben des Regenbogens. Und er scheint gar nicht aufhören wollen, zu brennen.

Ich hockte mich vor den Busch und schaute ihn fasziniert an. Vorsichtig und neugierig streckte ich eine Hand in die Flammen. Das Feuer war gar nicht heiß, obwohl der Bereich um den Busch immer wärmer wurde. Mein Ärmel allerdings geriet mit einer Stichflamme in Brand. Ich wich erschrocken zurück und klopfte hastig mit der linken Hand das Feuer an meinem ohnehin schon verschlissenen Gewand aus.

„Fürchte dich nicht!“, sagt unvermittelt der Busch.

Verdutzt schaute ich in die Flammen. „Redest du mit mir?“ fragte ich.

Der Busch antwortete: „Ja, mein Sohn. Oder glaubst du, ich unterhalte mich mit einem Esel?“

„Was soll das alles?“ fragte ich zurück und rückte ohne jede Scheu wieder näher an das Feuer.

Jesus, ich bin dein Vater

„Jesus, ich bin dein Vater!" Wie ein Donnerhall klang die Stimme, der Busch loderte kurz feuerrot auf, um dann in einem glänzenden, schwarzen Feuerball zu verharren. Der Ball umgab den Busch wie eine durchsichtige Kugel. Ein Donner ließ die Luft erzittern und ein Blitz schlug aus dem eben noch lodernden Busch und traf den armen Nikolas. Der glühte einmal kurz auf und verschwand mit einem „pfffft". Ungläubig schaute ich auf die Stelle, wo ich eben noch im Schatten neben ihm gelegen hatte.

,Glück gehabt! Das hätte auch mich treffen können!' dachte ich.

„Nein, mein Sohn!", donnerte erneut die Stimme. Ich wandte mich wieder dem Busch zu, der weitersprach: „Das hat überhaupt nichts mit Glück zu tun. Das ist dein Schicksal. Erinnerst du dich denn gar nicht mehr?" Die Stimme klang ungeduldig, ja schon genervt..

Ich schüttelte verneinend den Kopf, als es hinter mir „plopp" machte und Nikolas wieder an seinem Platz stand, als wäre nichts geschehen. Er kaute an ein paar Pflanzen, deren üppige grüne Blätter aus seinem Maul hingen.

„Was soll das alles?" wiederholt ich meine Frage. Langsam weitete sich der schwarze Feuerball aus, schloss zunächst meine ausgestreckten Hände ein, dann meinen ganzen Körper. Ich wich nicht zurück, es fühlte sich angenehm an.

„Erinnere dich!", befahl eine Stimme in meinem Kopf und langsam, sehr langsam, begann ich mich wieder zu erinnern. Ja, ich war auf die Erde geschickt worden, um den Menschen das Wort Gottes zu überbringen.

Aufgewachsen bei Zieheltern, Ausbildung zum Zimmermann, immer öfter im Mittelpunkt vieler Menschen, um Gottes Worte zu verkünden. Bislang, so war ich der Meinung, hatte ich es doch wirklich gut gemacht. Und eine Menge Glück gehabt

„Nein, kein Glück!" Es donnerte und blitzte. Von einem Moment auf den anderen überzogen Eiskristalle den Sand, die Wüste glänzte wie überzuckert. Nikolas kaute weiter auf gefrorenen Blättern, die knackend zerbrachen. Er schaute dumm.

„Beginne, zu begreifen, wer du wirklich bist! Du musst wundern lernen und wundern lehren! Nur so kannst du deine Aufgabe erfüllen." Gottes Stimme rollte donnernd über den Wüstensand.

Das Wüsteneis fiel knisternd in sich zusammen, vor dem Esel wuchs eine Handvoll Hafer steil in die Höhe. Nikolas fraß alles ab.

Wundern. Ja, ich wunderte mich. Was sollte das alles? So recht konnte ich mich immer noch nicht glauben, dass ich anders sein sollte als all die anderen Menschen. Schließlich hatte ich ja auch bereits einen Vater. Und eine Mutter. Und überhaupt, was wäre, wenn die Menschen gar nicht hören wollten, was ich zu sagen hatte. Wie sollte ich sie aufmerksam machen?

„Wundern!" Der Busch schüttelt leicht genervt die Blätter. „Bringe sie dazu, sich zu wundern. Das Selbstverständliche in Frage zu stellen. Lass sie erkennen, dass da nichts ist, das ewig bleibt, nichts, das man festhalten kann." Seine Stimme erbebte. „Außer mir, dem Allmächtigen Gott! Und nun gehe hin und wirke Wunder!"

Der Himmel wurde schwarz, der Busch leuchtete hell auf,

es donnerte. Dann wurde es still. Die Sonne war wieder zu sehen, der Esel und der Busch. Dieser trug jetzt grüne Blätter. Nikolas ging langsam darauf zu und verspeiste sie genussvoll.

Eine Zeit lang schaute ich gedankenverloren dem Esel zu, dann sagte ich: „Komm Grauer, wir müssen weiter!" Widerstrebend ließ er von den Blättern des Dornbusches ab und trottete folgsam auf mich zu.

Ich streckte meine Hand aus und streichelte erneut sein Fell, es war auf einmal weich und warm. Dann schwang ich mich mit einem Satz auf den Esel und ritt weiter Richtung Osten. In der Ferne sah ich noch zwei Männer in großer Eile davonrennen. Ich sah sie später in En Gedi, der Stadt, die für viele Jahre meine Heimat wurde, wieder.

Während ich davonritt, kam Wind auf. Er blies uns feine Sandkörner entgegen, die in den Augen und der Nase brannten. Von weitem sah ich, wie sich eine große Wolke aus Sand am Horizont bildete und langsam näher wehte. Offenbar zog ein Sandsturm auf. Das hatte mir jetzt gerade noch gefehlt!

„Schluss jetzt!", rief ich, etwas lauter als gewollt und streckte beide Hände der Sandwolke entgegen. Und die fiel tatsächlich mit einem Mal in sich zusammen. Nikolas schaute mich fragend an. Dann sah er noch einmal nach vorne, wieder zurück zu mir und dann wieder nach vorne.

Ein leises Zittern lief durch seinen ganzen Körper, dann nahm er wieder seinen ruhigen Gang auf und schaukelte mich Richtung Totes Meer.

Ich schaute immer noch ungläubig auf meine Hände. Hatte ich das getan? Da schienen wirklich ungeahnte Kräfte in mir zu schlummern. Ich wurde neugierig darauf, sie auszutesten.

Ja, das war der mein erster Kontakt mit meinem Vater, an den ich mich bewusst erinnere. Und gleich das erste Mal, dass ich eine gewisse Wut auf ihn empfand."

„Wut, Weshalb? Nicht jeder kann einen Gott seinen Vater nennen. Ich würde eher so etwas wie Stolz oder Bewunderung empfinden."

„Stolz? Nein! Es war unser erster Kontakt, und ich musste feststellen, dass er mich letztendlich dreißig Jahre lang belogen hatte. Das war kein guter Anfang."

„Aber es hat sich dann gebessert? Die Vater-Sohn-Beziehung wird unsere Leserschaft sicherlich sehr interessieren. Ist er streng?"

*„Es hat sich gebessert, das kann man wirklich sagen. Ich habe manchmal Jahrzehnte lang nichts von ihm gehört. Aber manchmal hat er sich auch zu intensiv und zu oft eingemischt. Schließlich war es ja **meine** Aufgabe, die Menschen zum Glauben zu führen. Und dann sollte es auch meine Entscheidung sein, wie ich es anstellen wollte."*

„Da fallen mir gleich zwei Sachen auf. Einmal: Ich wüsste gerne ein Beispiel für seine göttliche Einmischung. Und zum anderen: Sie reden gerade in der Vergangenheit. Sie sagten ‚wie ich es anstellen wollte'. Ist das jetzt nicht mehr so? Ist Ihre Aufgabe erledigt? Oder führt Ihre Schwester sie jetzt weiter?

Himmlische Geldwäsche

„Nun, sehen Sie, da sind wir jetzt wieder bei dem Thema, auf das ich mich vorbereitet hatte. Endlich!"

„Wollen Sie noch etwas trinken? Ich hätte gerne noch ... nein, keine Sorge, keinen dritten Eisbecher, auch gerne ein heißes Getränk."

„Nun, warum nicht. Dieses Mal gerne einen Espresso." Ich winke dem Kellner zu, der mit einem Nicken zu verstehen gibt, dass er sofort kommen wird. Am Nebentisch bezahlt gerade ein älterer Herr, vermutlich ein Einheimischer, seinen Espresso. Während wir hier die ganze Zeit gesessen, geredet und gegessen haben, hat er an seiner Tasse genippt. Immer wieder einmal. Über jetzt schon mehr als zwei Stunden. Ist das die französische Gemütlichkeit oder Geiz?

Der Mann kramt erfolglos in seiner Hosentasche. Dann steht er auf, um besser hineingreifen zu können. Obwohl der Kellner geduldig vor ihm steht und freundlich lächelt, wirkt er etwas verlegen, weil er offenbar kein Geld in seiner Tasche findet. Dann greift er in die Gesäßtasche, holt ein sehr altes, braunes Lederportemonnaie heraus. Er kramt zwischen den Kassenbons darin herum, bis er einen kleinen, grünen Geldschein findet. Es scheint ein Fünf-Euro-Schein zu sein. Ich kann seine braunen Zähne sehen, als er glücklich lächelt und den Schein dem Kellner hinhält.

Doch als der zugreifen will, bläst ein Windstoß den Schein hoch. Verdutzt schauen beide das Papier an, der rasch an Höhe gewinnt und Richtung Hafen fliegt, an unserem Tisch vorbei. Ich versuche noch, nach ihm zu greifen, aber es macht einen Ausweichschlenker und landet dann auf der Straße. Ein Auto fährt darüber, wirbelt es wieder hoch.

Auch die Gäste an den anderen Tischen sind inzwischen aufmerksam geworden und schauen diesem merkwürdigen Treiben zu. Der alte Mann versucht, dem Geldschein hinterher zu laufen, aber er ist zu langsam, um wirklich eine Chance zu haben.

Einer der Gäste ruft lachend: „Es regnet Geld“, aber niemand steht auf, um dem alten Mann zu helfen. Der Kellner schaut zu unserem Tisch und ich habe das Gefühl, er schaut Jesus vorwurfsvoll an. Der zuckt nur die Schultern. Dann fällt der Schein zu Boden, dem alten Mann genau vor die Füße. Mühsam bückt er sich und hebt ihn auf. Seine Augen werden groß. Er hält das Geld etwas von sich weg, hält es wieder direkt vor die Augen, dann schüttelt er ungläubig den Kopf.

Der Kellner geht auf ihn zu, nimmt den Schein dankend entgegen und kramt in seiner Börse nach dem Wechselgeld. Einen Schein nach dem anderen händigt er seinem Gast aus, dessen Lächeln mit jedem Schein zunimmt. Fröhlich geht er auf die gegenüberliegende Straßenseite und steuert auf die Bar zu.

Der Kellner kommt zu unserem Tisch und schüttelt den Kopf.

„Gérard sagt, der Schein wäre als Fünf-Euro-Schein davongeflogen und dann als Einhundert-Euro-Schein zurückgekommen. Merkwürdige Geschichte, nicht wahr?“

Mir ist so, als wenn er Jesus zuzwinkert. Sollte der etwa ...?

Ich schaue zu dem alten Mann. Er steht noch an der Straße und hält mit spitzen Fingern einen Fünf-Euro-Schein in der Höhe. So, als warte er darauf, dass dieser jeden Moment davonstarten würde. Als ich mich an den Kellner wenden will, ist dieser schon gegangen.

Der Vater- Sohn - Konflikt

Ich schaue Jesus an, in seine dunkelbraunen, gutmütigen Augen, und habe wieder den Faden verloren. Was für ein Nachmittag, ich verliere die Kontrolle über das Gespräch.

„Wo wollen wir weitermachen?" fragt Jesus unvermittelt. *„Ich habe dem Kellner unsere Bestellung schon aufgegeben."* Er schaut mich kurz wartend an, als ich nicht schnell genug antworte, fährt er fort.

„Wenn ich so darüber nachdenke, ich habe von meinem ersten Gespräch mit meinem Vater erzählt, dann mache ich einfach mit unserem letzten weiter."

„Ihr letztes?" Jetzt bin ich neugierig geworden. „Sie reden nicht mehr mit Ihrem Vater? Ist die Beziehung also getrübt, oder gar beendet? Was war der Grund?"

Jesus lacht laut. *„Das ist ein Thema, das Sie immer sehr schnell nach vorne bringt, fällt Ihnen das auf?"*

Tatsächlich habe ich mich, unbewusst, weit über die Tischmitte hinausgelehnt, so als wäre ich schwerhörig. „Nein!", antworte ich trotzig und setze mich wieder auf meinen Platz zurück. „Das ist nur, weil das ganz bestimmt viele Leserinnen und Leser interessieren wird.

Vielleicht erzählen Sie doch erst einmal ein paar Beispiele, was Sie so gestört hat in Ihrer Vater-Sohn-Beziehung."

„Es waren die Einmischungen, die mich immer wieder genervt haben. Nehmen Sie zum Beispiel ... ja genau, heute vor einem Jahr. Das war mein damals letzter Tag auf der Erde.

Ich war einkaufen, zusammen mit meinem Freund, Pfarrer Jakob. An dem Tag hatten wir, anders als sonst, wie soll ich es sagen, ein paar Unstimmigkeiten. Auch Jakob hatte so seine Vorbehalte gegen meinen Vater. Und, nun, Gott ist halt nicht so, wie Sie sich ihn vielleicht vorstellen. Der kommt nicht einfach her und schimpft. Nein, der sagt es sozusagen durch die Blume. Das war ja schon so mit dem brennenden Dornenbusch. Und besonders gerne mag er Blitz und Donner. Er ist es ja auch, den die griechische Mythologie Zeus, den Donnergott, nennt.

Also, an dem Tag, Jakob und ich kamen gerade nach einem kleinen Disput aus dem Supermarkt, sahen wir, dass währenddessen draußen die Bude von Pommes-Joe abgebrannt war. Aus heiterem Himmel hatte sie ein Blitzschlag getroffen."

„Das ist ja schlimm. War das ihr Vater? Dann müssen ja unschuldige Menschen unter den Launen Gottes leiden?"

„Ja, manchmal ein wenig. In der Regel sind solche Wutausbrüche mit Blitz und Donner aber nur dazu gedacht, mir meinen Weg zu zeigen."

„Wohl eher den Ihres Vaters, wenn Sie davon abkommen, oder?"

„Das stimmt, aber irgendwann ließ ich mich davon nicht mehr beeindrucken. Und an eben diesem Tag endete seine Einmischung dann auch."

„Das war doch der Tag, an dem Sie, wie soll ich sagen, in den Himmel aufgefahren sind? Es gibt einige Handyvideos, die das zeigen. Sind die echt?" Jetzt kommt meine Geschichte endlich in Schwung!

„Ich kenne nicht alle Videos, aber dieser Tag war wirklich

besonders. Ich hatte, nach über zweitausend Jahren, einfach keine Energie mehr, um gegen das egoistische, ungläubige Verhalten der Menschen anzurennen. Ich hatte genug."

„Erzählen, Sie, wie war das genau?" Ein Blick zum Diktiergerät, es läuft. Aber da ist noch mehr. Ein anderes Geräusch, ein Summen, das nicht von unserem Tisch kommt. Ich schaue mich um, sehe in den Himmel. Eine Drohne.

Jesus folgt meinem Blick. Für einen kurzen Moment sieht er genervt aus, aber dann glättet sich sein Gesicht wieder. Ich schaue noch einmal nach oben. Wo eben noch die Drohne war, ist jetzt nur noch ein kleines graues Wölkchen zu sehen, das der Wind langsam zerreißt.

„Ich kann diese Dinger nicht leiden", sagt er knapp. *„Man weiß nie, wer zuhört oder zusieht.*

Kommen wir zurück ins letzte Jahr. Der Tag war irgendwie aus dem Ruder gelaufen. Nach einer wunderschönen Predigt, die ich in Jakobs Kirche gehalten hatte, waren wir noch auf ein Eis in Pélés Eisdiele gegangen. Dort hatte ich das Gefühl, ich hätte draußen Maria, meine Mutter, vorbeigehen gesehen. Ich rannte der Frau nach, fand sie aber nicht mehr. Ich irrte durch die Straßen von Münster. Irgendwann fand ich den Weg zurück zur Eisdiele, wo alle auf mich warteten. Und mein Eis war geschmolzen. Walnusseis.

Und als mich dann am Abend im Park noch ein junger Mann anpöbelte, riss mir mein fast unendlich langer Geduldsfaden."

„Was war schlimmer? Das geschmolzene Eis oder dass Sie

die Frau nicht gefunden haben?" Ich beiße mir auf die Zunge. Wieso habe ich das gesagt? Mein Gegenüber scheint meine blöde Bemerkung nicht gehört zu haben, oder er ist höflich genug, sie einfach zu übergehen. Er redet weiter.

„Ach, ich will jetzt doch nicht so viel davon erzählen. Jedenfalls hat es mächtig geknallt zwischen uns. Dann hat Gott ein Einsehen gehabt und mich wieder zu sich geholt. Das war sicherlich ein spektakuläres Ereignis für die, die dabei waren."

„Schade, gerade hier hätte ich gerne etwas mehr erfahren. War Gott denn böse auf Sie? Weil Sie Ihre Aufgabe ja nicht erledigt hatten …"

„Böse? Nein, Gott ist kein böser Gott. Er ist nur, wie soll ich sagen, etwas eigenwillig."

Trotz des klaren Himmels ist in der Ferne leichtes Donnergrollen zu hören. Ich schaue Jesus fragend an, der nickt bestätigend. Kleiner Hinweis von oben. Bevor ich etwas fragen kann, schaut er auf seine Uhr.

„Es ist schon spät geworden. Und ich sehe auch, ihrem Diktiergerät ist der Strom ausgegangen. Wir sollten für heute erst einmal Schluss machen."

„Wie, für heute? Ich bin davon ausgegangen, dass wir uns heute hier unterhalten und ich dann wieder nach Hause fliege. Meine Redaktion wartet auf das Interview. Das geht so nicht!" Ich bin entsetzt. Das kann er doch nicht machen.

„Wenigstens noch eine Stunde? Ich stelle meine Fragen ganz schnell und sie antworten in kurzen Sätzen. So haben wir das alles noch vor dem Abend geschafft. Bitte!"

50

Ich mache mich ganz klein. Verdammt! Aber ich brauche das Interview. Die Redaktion will es bis heute Nacht.

„Madame Granier, also besser gesagt, Frau Greiner, für heute endet das Interview. Es ist mir wichtig, dass Sie ausführlich berichten, was alles geschehen ist. Das ist viel mehr als nur eine Doppelseite in Ihrem Magazin. Das wird ein Buch füllen! Und so etwas schreibt man nicht so nebenbei. Wir werden uns in den nächsten Tagen häufiger treffen, sie werden zuhören, mitschneiden und mitfühlen. Und dann berichten Sie es den Menschen, die es lesen und verstehen wollen."

Das Interview ist nicht beendet

„Die nächsten Tage?" Ich schnappe nach Luft. Wie stellt er sich das vor? „Darauf bin ich gar nicht vorbereitet!"

„Kein Problem! Auf der anderen Seite der Halbinsel ist ein kleines Hotel, er heißt ,Les Vikings'. Dort ist ein Zimmer für Sie vorbereitet, schauen Sie mal, ob es Ihnen gefällt. Und dann sehen wir uns morgen um die gleiche Zeit hier wieder."

Ich bin wie vor den Kopf gestoßen. Der kann doch nicht einfach so über mich verfügen! Ich muss ihm unmissverständlich klar machen …, ach was, vielleicht hat er doch Recht?

„Ihr Verlag ist übrigens informiert. Sie können sich so viel Zeit nehmen, wie Sie möchten. Entscheiden Sie selbst!"

Wer kann solchen treuen Augen schon widerstehen? Meine Wut verfliegt, letztendlich habe ich ja die Wahl: Ich kann bleiben oder gehen.

„Gut, ich bleibe. Den ganzen Rest der Geschichte will ich mir nicht entgehen lassen. Aber eins noch! Wieso nannten Sie mich ,Granier'? Ich heiße Greiner."

„Das haben Sie fein bemerkt. Denn das ist ihre kleine Aufgabe, bis wir uns wiedersehen. Sie sollen etwas Ahnenforschung betreiben. Was wissen Sie über ihre Vorfahren?"

Das ist jetzt so gar nicht mein Ding. Ich will ein Interview mit Jesus, dem verschollenen und wieder aufgetauchten Gottessohn. Keine Lust auf Ahnensuche! Was will er von mir?

„Nun, meine Eltern sind Jakob und Elisabeth Greiner. Sie kommen ursprünglich aus Saarbrücken. Da lebten auch die Großeltern meines Vaters. Sie hießen Gerhard und Auguste. Komischer Name, ich weiß. Viel weiter zurück kann ich nicht. Meine Urgroßeltern sind wohl im zweiten Weltkrieg nach Deutschland eingewandert. Zumindest meine Urgroßoma. Da gibt es irgendetwas ominöses wegen ihres Ehemannes, also meines Uropas. Aber viel gesprochen wurde darüber nicht.

Ich bin 1994 geboren, vier Jahre nach meinem Bruder Sebastian. In Saarbrücken habe ich die Schule und die Uni besucht. 2014 bin ich nach Bielefeld gezogen.
Also, wozu ist das wichtig?"

Er reicht mir einen zerknautschten Zettel, auf dem steht:
Albert-Paul Granier, *1888, Le-Croisic

„Was soll ich damit?"

„Sie sind Journalistin, finden Sie es heraus! Ich wünsche Ihnen noch einen schönen Abend!"

Mit diesen Worten steht er auf und schlendert gemütlich davon. Ich bin so überrascht, dass ich wie festgenagelt auf meinem Stuhl sitzenbleibe. Als er schon hinter der nächsten Straßenecke verschwindet, fällt mir auf, dass ich jetzt mit der Rechnung hier alleine sitze. Ob der Verlag das bezahlt? Sechs Kaffee und zwei Eisbecher? Bewirtungskosten?

Der Kellner tritt freundlich an meinen Tisch heran. *„Wollen Sie, dass ich Ihnen ein Taxi rufe?"*

Ich schüttele den Kopf und krame in meiner Tasche nach der Kreditkarte. Jetzt schüttelt der Kellner den Kopf. *„Ist schon bezahlt. Dann wünsche ich Ihnen einen schönen*

Ein Liedchen pfeifend geht er zum nächsten Tisch und nimmt die Bestellung auf.

Ich sammle mich, dann packe ich meine Sachen in die kleine Reisetasche und stehe auf. Schaue mich irritiert um. Wohin?

Der Kellner zeigt mit dem Finger in eine Straße. Also gehe ich dorthin. Nach etwa zwanzig Minuten Fußweg durch das kleine Städtchen komme ich wieder am Meer heraus. Hier ist die Küste noch rau, die Brandung rollt laut gegen die schwarzen Felsen an. Eine kleine Straße schlängelt sich an der Küste entlang.

Und tatsächlich, ohne fremde Hilfe, bin ich an dem Hotel angekommen, das Jesus mir genannt hatte. Der Empfang ist besetzt, zwei nette Damen heißen mich willkommen. Eine führt mich auf das Zimmer, das für mich reserviert ist. Es ist ausreichend groß und hat sogar einen Balkon zum Meer. Keine Frage, das nehme ich! Die Frau lächelt zufrieden und drückt mir den Zimmerschlüssel in die Hand.

Erschöpft lasse ich mich auf das Bett fallen und starre die Decke an. Was für ein Tag! Eine halbe Stunde bleibe ich so liegen und hänge meinen Gedanken nach, dann gehe ich wieder nach unten.

Selbstverständlich ist im Restaurant ein Tisch für mich reserviert. Ich genieße ein paar Gläschen Wein und einen riesigen Teller mit Meeresfrüchten. Dann gehe ich wieder auf mein Zimmer und klappe mein Notebook auf. Ich bin neugierig.

Greiner, Granier? Welches Rätsel hat er mir da aufgegeben?

Es dauert die halbe Nacht und die Durchforstung vieler Quellen, bis ich alle Fäden entwirrt und wieder neu zusammengesponnen habe. Tatsächlich kommt meine Familie ursprünglich von hier! Aus Le Croisic in Frankreich.

Albert-Paul Granier, wurde 1888 in Le Croisic geboren, er war Schriftsteller. Also mehr oder weniger ein Berufskollege. Im Krieg war er Pilot und wurde 1917 über Verdun abgeschossen. Seine Leiche wurde nie gefunden. Hier endet auch schon seine bisher bekannte Geschichte.

Allerdings, das fand ich jetzt heraus, überlebte er den Absturz und wurde von meiner Urgroßmutter Marie Bronté aus Pont-á-Mousson gefunden. Sie nahm ihn mit und pflegte ihn zuhause gesund. Er war also dieser ominöse Ahne, über den sich die Familie immer ausgeschwiegen hatte. Sie wanderten aus nach Saarbrücken, wo sie im 3. Reich den Namen Greiner annahmen. Ab da ist der Familienstammbaum wieder nachvollziehbar.

Interessant! Mein Urahne war selbst Schriftsteller und kam von hier! Was für ein Zufall! Und ich kann jetzt die beiden Familiengeschichten zusammenführen. Das ist Stoff für einen weiteren Artikel. Und für viele Familientreffen.

Ich blicke auf die Uhr. Schon eins! Mir fallen die Augen zu. Es wird Zeit, zu schlafen. Ich öffne die Balkontür und lasse das Meeresrauschen und die salzige Luft mein Schlafzimmer erfüllen. Dann schlafe ich ein.

*

Am nächsten Morgen bin ich, trotz der kurzen Nacht, erstaunlich ausgeruht und voller Tatendrang. Nach dem

Frühstück fasse ich die Ergebnisse meiner Ahnenforschung kurz zusammen und maile sie an den Verlag. Und an Onkel Herbert in Bielefeld. Der wird sich freuen.

Das Diktiergerät schien gestern einen Defekt gehabt zu haben. Meine Gespräche mit Jesus sind zwar alle aufgezeichnet, aber die Zeit meiner ‚Reise in die Vergangenheit‘ ist ein einziges Rauschen. Ich hatte gehofft, vielleicht Jesus begleitende Stimme aufgenommen zu haben. Für heute Nachmittag werde ich mir, ganz altmodisch, Papier und Stift mitnehmen.

Zehn Uhr, noch vier Stunden bis zum nächsten Gespräch. Ich werde mir ein wenig die Gegend anschauen.

Die Stadt ist wirklich kontrastreich. Sie hat die ruhige Hafenseite und die wilde Felsenseite. Auf dem Weg hierher waren mir noch die vielen Felder aufgefallen, auf denen auf altmodische Weise das Salz aus dem Meerwasser geschöpft wird. Wirklich ein wunderschöner Ort! Ich bin mir jetzt sicher, dass es kein Zufall war, dass der Sohn Gottes ausgerechnet diesen Ort für unser Zusammentreffen ausgesucht hat.

Nach einer guten Stunde ziellosen Spazierens bin ich wieder auf dem kleinen Platz mit der Eisdiele angekommen. Die Bedienung winkt mir freundlich zu. Warum nicht? Ein Espresso ist nie verkehrt. Ich setze mich an den Tisch von gestern und schaue dem ruhigen Treiben auf dem Platz zu.

Gespräche mit Jesus Pfarrer

Der Kellner stellt den Espresso vor mir auf den Tisch. Und dann setzt er sich mir gegenüber hin! Das hatten wir doch gestern schon einmal, nur war es gestern der falsche Kellner.

„Verzeihen Sie!", sage ich laut. „Was soll das?"

„Es ist ruhig heute Mittag, also dachte ich, wir nutzen die Zeit für eine kleine Unterhaltung. Darf ich mich vorstellen, Mühlberg, Peter Mühlberg."

Der Mann steht auf und reicht mir die Hand. *„Aber alle nennen mich Jakob. Pfarrer Jakob."* Er grinst.

Ich schüttele reflexartig die Hand. Meine Gedanken kreisen, ich höre in mir das Lied ‚Bruder Jakob‘, dann macht es ‚klick‘.

„Ich hatte gerade ein déja-vue mit der Begegnung gestern, mit Jesus. Die fing genauso an. Sie sind doch nicht der Jakob, der Weggefährte von Jesus?"

„Doch, genau der! Freut mich, Sie heute wiederzusehen. Vielleicht haben Sie ja Lust, auch ein wenig mit mir zu reden? Etwas Hintergrundinformationen vielleicht?"

Das ist meine Chance! Ich habe nicht nur ein Interview mit Gottes Sohn, sondern auch mit einer Quelle, die mir alles sagen kann, was Jesus mir vielleicht verschweigt. Aber, Moment!

„Warum sollten Sie das wollen? Meinen Sie, er ist nicht ehrlich zu mir, oder verschweigt etwas? Und wie kann ich wissen, dass Sie …?"

Mitten in meinem Satz hält er mir seinen Personalausweis hin. Ich prüfe ihn eingehend. Scheint echt zu sein. Toll! Mein Interview setzt zu einem Höhenflug an. Auf jeden Fall mehr als eine Doppelseite, Jesus hatte Recht! Die ganze Sache hier ist mehr und mehr abgefahren, hat Potential zu einem ganz großen Ding. Und ich halte die Zügel.

„Nun, gut. Ich nehme Ihr Angebot gerne an. Worüber wollen wir reden? Haben Sie ein Lieblingsthema?" Ich schaue ihn unverbindlich an. Als er nicht schnell genug antwortet, bin ich am Zug.

„Fangen wir damit an, warum Sie überhaupt hier sind. Soweit ich es recherchieren konnte, haben Sie damals die Eisdiele von Pélé, dem Vater von Anna, übernommen. Das war in Münster, wo auch Jesus gewohnt hat."

„Ja, in einem netten Altenheim am Stadtrand."

„Wieso Altenheim. War er krank, dement?"

„Nein, krank sicherlich nicht. Dement? Ich bin kein Arzt. Etwas merkwürdig, sagen wir mal, vergesslich, war er schon. Der Grund, weshalb er im Altenheim wohnte, war aber ein anderer. Das Altenheim gehörte der Kirche, so hatte man ihn besser unter Kontrolle."

„Interessant. Das wirft so viele Fragen auf, die muss ich mir kurz aufschreiben."

Er wartet lächelnd, bis ich fertig bin.

„Nun, fangen wir mit seiner Demenz an."

„Das habe ich so nicht gesagt."

58

„Gut, sie sagten ‚merkwürdig‘. Erzählen Sie ein paar Eindrücke, die Sie zu diesem Wort bewogen haben.“

„Ich muss erst einmal erwähnen, dass wir hier über Jesus reden, mit allem Respekt. Über einen Mann, der zweitausend Jahre auf der Erde gewandelt ist. Er hat mehr Menschen kennengelernt als wir uns vorstellen können. Er hat mehr Situationen erlebt, als jeder von uns. Er trug eine Last, die ‚unmenschlich‘ ist, im engsten Sinne des Wortes.“

„Ich weiß!“

„Ich möchte nur klarstellen, dass wir hier nicht unseren Maßstab ansetzen sollten. Der Sohn Gottes ist eben der Sohn Gottes, kein Mensch. Oder nur zu einem gewissen Teil.

Gut. Schauen Sie zum Beispiel das Symbol der Kirche, den Fisch. Soll ich Ihnen erzählen, weshalb gerade der Fisch zum Symbol des Glaubens wurde?“

„Nun, darüber weiß ich einiges aus meinen Religionsbüchern, aber erzählen Sie. Er geht ja hier nicht um den Glauben, sondern um den Sohn Gottes. Und seine Merkwürdigkeiten.“

„Jesus wiederholt gerne seine Geschichten aus der Vergangenheit. Besonders die aus der Zeit, als Kaiser Constantin vor die Tore Roms zog. Jesus hatte damals das Gefühl, dass er eingreifen müsse.

Er entschied sich, diesen Kaiser Constantin aufzusuchen. Oder eher heimzusuchen, wie der es wohl genannt haben wird. Jesus zog seine beste Kleidung an, nahm ein Brot, einen Fisch und einen Krug Wein und begab sich ‚schwupp‘ in das Zelt des Kaisers. Wie eine Teleportation.

Natürlich schlief Constantin tief und fest. Jesus legte Fisch, Brot und Wein als Willkommensgabe auf den Tisch und weckte ihn. Er erzählte ihm, dass Gott ihn mit einer Botschaft für ihn geschickt hätte. Er solle Frieden schaffen und den Krieg beenden. Beide setzten sich an den Tisch gesetzt und tranken Wein und aßen Brot. Der Kaiser hörte sehr interessiert zu. Er versprach, die Verfolgung der Christen einzustellen und dieser Religion einen festen Platz im römischen Staat zu geben.

Jesus versprach ihm, ein Zeichen zu senden, dass ihn daran erinnern sollte, dass Gottes Kraft und Liebe immer bei ihm sind. Dann verabschiede er sich und verließ ihn, indem ich sich einfach wieder in sein Zimmer in Rom zurückversetzte. Dort erst fiel ihm auf, dass er den Fisch völlig vergessen hatte. Er hielt das nicht weiter für wichtig, aber es bekam dann doch große Bedeutung in der Geschichte."

„Ja, das entspricht auch in etwa dem, was im Unterricht gelehrt wird. Nichts Neues."

„Das hatte ich auch nicht gesagt. Ich wollte damit nur zeigen, dass der Fisch als Zeichen der Nähe Gottes eine etwas merkwürdige Entstehungsgeschichte hatte. Ausgerechnet mit einem Fisch auf den Schilden zog dann der Kaiser in die Schlacht.

Aber ich sehe schon, das interessiert Sie nicht so sehr. Sie wollen etwas hören über das man sich amüsieren kann? Ich erzähle Ihnen von einer Begegnung mit Jesus im Supermarkt. Das war an seinem damals letzten Tag auf Erden, vormittags. Jesus und ich waren verabredet. Er wollte mit mir die Predigt besprechen, war aber nicht erschienen. Also suchte ich ihn und fand ihn im Supermarkt. Er war gerne dort.

Ich sah ihn an der Käsetheke stehen. Er redete laut: „Wie sieht das hier aus?! Wieder alles voller Händler, die ihre Waren anpreisen: Wurst, Käse, Brötchen."

Irritiert sah er sich um. Er schien den Supermarkt mit einem Tempel zu verwechseln und rief zornig: „Händler, Feilscher! So sieht das Haus Gottes doch nicht aus! Ihr solltet euch schämen!"

Die Menschen im Supermarkt drehten sich zu ihm hin. Sie versuchten, zu verstehen, weshalb der Mann im Jogginganzug mit den langen Haaren und dem kleinen Bauch plötzlich einfach losbrüllte. Kopfschüttelnd schauten sie ihn an, dann gingen sie weiter."

„Moment, da muss ich unterbrechen. Lange Haare und Bauch, das ist nicht der Jesus, den ich gestern kennengelernt habe."

„Das ist richtig. Es war, wie gesagt, sein letzter Tag auf Erden und er hatte sich, wie soll ich es sagen, in der letzten Zeit etwas gehen lassen. Er war, wie man das heute nennt, ausgepowered.

Ich erzähle weiter, ja? Also, ich schob dann meinen Einkaufswagen langsam zu ihm hin.

„Nein Jesus," sagte ich leise, „du hast dich wieder verlaufen." Er war sichtlich irritiert. Ich versuchte sanft, mit meinem Wagen den von Jesus Richtung Ausgang zu drücken. Ich wollte keine Aufmerksamkeit erregen. Er aber erhöhte den Druck auf seinen Einkaufswagen. Wir beide drückten, was das Zeug hielt. Keiner wollte nachgeben.

Leider hatte ich einen schlechteren Stand und rutschte weg. Mein Wagen gab nach und landete krachend an der Truhe mit den Tiefkühlpizzen.

Die Leute schauten wieder zu uns herüber. Sie schüttelten die Köpfe wegen unseres unmöglichen Benehmens. Als ich mein Gleichgewicht wiedererlangt hatte, stand Jesus neben mir. Er warf den Kopf mit den langen Haaren nach hinten und schaut mich herausfordernd an.

„Nochmal?", fragte er. Dann sah er mich plötzlich durchdringend an. „Kann das sein, dass ich merkwürdig werde?"

Ich wusste nicht, was ich antworten sollte.

„Das geht doch gar nicht, Vater! Oder?" Jesus wandte sich dann fragend, ja hilfesuchend nach oben. Draußen donnerte es plötzlich heftig. Eben war es noch sonnig gewesen, jetzt schlug plötzlich unter lautem Krachen ein Blitz in die Imbissbude vor der Ladentür. Sie ging sofort in Flammen auf.

Jesus schüttelte verzweifelt den Kopf und sagte die Worte, die ich so schnell nicht vergessen werde: „Ach, Vater! Kannst du nicht einmal ganz normal antworten? Ich bin müde."

Ehrlich, so war das. Diese väterlichen Einmischungen habe ich öfters miterlebt. Jesus war sehr geknickt und verließ mit mir den Supermarkt."

„Das war bestimmt nicht leicht, jemanden, der einem nahesteht, so zu erleben, oder?!"

„Nein, bestimmt nicht. Insbesondere, weil ich ihn immer als Freund gesehen habe, nicht als den allmächtigen Sohn Gottes."

„Allmächtig, ist er das wirklich?“

„Das müssen Sie ihn schon selbst fragen.“

„Sie haben ihn immer als Freund gesehen, sagen Sie. Erzählen Sie doch mal, wieso gerade Sie die letzten Jahre an seiner Seite waren.“

„Ja, das war auch so eine merkwürdige Sache. Es begann im April 1998. Damals hatte um sechs Uhr früh mein Telefon geklingelt. Es war mein Bischof, der mich zu sich beorderte. Ich hatte das aber für einen Aprilscherz meiner Ordensbrüder gehalten und einfach wieder aufgelegt. Ruckzuck war ich auch wieder eingeschlafen. Während ich gerade in den nächsten Traum hinabtauchte, war mein Wecker plötzlich angegangen. Eine Stunde zu früh!

Und so oft ich auch auf die Schlummertaste gedrückt hatte, das Weckgeräusch, ein drei Mal krähender Hahn, wollte einfach nicht verstummen. Völlig genervt hatte ich versucht, den Stecker aus der Wand zu ziehen. Dabei kippte der ganze Nachttisch um, aber der Wecker krähte weiter. Aus irgendeinem Grund war dann auch noch in der Küche das Radio angegangen. „Born to be wild“ schepperte in voller Lautstärke durch die Wohnung.

Ich musste wohl oder übel aufstehen. Sicherheitshalber schaute ich noch einmal auf das Display vom Telefon. Die Nummer stimmte, es war tatsächlich mein Bischof gewesen. Ich rief dann bei dessen Sekretär an, um mir bestätigen lassen, dass das kein Ulk war. Der bestätigte meine Einladung.

Der Tag ging dann so unruhig weiter, wie er angefangen hatte. Bus bis Bamberg. Ring küssen, Mittag essen mit dem Bischof. Endloses Gespräch. Ring küssen. Bus zum

Bahnhof. Zug nach Rom. Ring küssen. Ring küssen. Papstaudienz. Das war ein hektischer Tag, gekrönt mit dem Auftrag des ‚heiligen Vaters‘, sich um diesen „möglicherweise wirklichen Sohn Gottes“ zu kümmern. Ich sollte Beweise für seine Göttlichkeit zu finden. Oder Gegenbeweise. So, wie seine Vorgänger schon seit Jahrhunderten.

Damals hatte ich noch nicht gewusst, dass es sich bei all den Observationen immer um denselben ‚möglicherweise wirklichen Sohn Gottes‘ handelte. Der Papst und alle Päpste vor ihm wussten genau, wer Jesus war.“

„Wieso hat Jesus nie aufbegehrt? Es wurde doch Jahrhunderte vor der Öffentlichkeit versteckt.“

„Das müssen Sie ihn selbst fragen. Aber ich denke, er war mit seinem Leben und seinem Wirken zufrieden. Er wollte nicht mehr.“

„Zweitausend Jahre? Seine Schwester hat Kirche und Kreuzritter innerhalb weniger Monate aufgemischt.“

„Sie hat eben ein anderes Temperament.“ Er grinst.

„War es für Sie leicht, ständig an seiner Seite zu sein, als Freund und als Spion der Kirche?“

„Spion würde ich nicht sagen, Jesus wusste ja, weshalb ich bei ihm war. Und er genoss unser Zusammensein ja auch. Rückblickend möchte ich sagen, es war eine bunte Gefühlsmischung. Insbesondere die Momente, wo seine Vergesslichkeit ihm Probleme machte.

Anzeichen von Demenz nach 2000 Jahren?

Dass er sich an weiter zurückliegende Sachen manchmal nicht mehr so gut erinnerte, daran hatte er sich inzwischen gewöhnt. Keiner hat ja auch so viel erlebt wie er. Manchmal denke ich, dass er sich vielleicht unbewusst gar nicht mehr erinnern wollte.

Als wir vom Supermarkt zur Kirche gingen fragt er mich: „Johannes, weshalb war ich eben im Supermarkt?" Er blickte mich fragend an.

„Jakob!", sagte ich. In der Zeit vergaß er öfter einmal meinen Namen. Auch an diesem Tag setzte dann so ein kleiner Wortwechsel ein.

„Quatsch! Ich meine, was wollte ich kaufen?"

„Ich heiße Jakob!" sagte ich nur.

„Das weiß ich doch! Hörst du überhaupt nicht zu? Ich habe dich gefragt, was ich in dem Einkaufskorb hatte." Manchmal war er echt stur.

„Wagen!", verbesserte ich.

„Maden?! So ein Unfug! Jetzt ist aber Schluss, Johannes. Du sollst mich nicht zum Narren halten, nur, weil ich hin und wieder einmal etwas vergesse!" Das war nun wirklich untertrieben.

„Hin und wieder?!" Ich blieb stehen und rollte die Augen nach oben. Dann sprach ich mit ihm wie mit einem Kind. „Mein geliebter Jesus. Ich heiße JAKOB, und es war ein EinkaufsWAGEN und kein Korb, er hatte Räder."

Jesus ignorierte, dass ich stehen geblieben war und ging einfach weiter.

Ich sprintete hinter ihm her, um die verlorenen Meter wieder aufzuholen. Als ich ihn eingeholt hatte, blieb Jesus abrupt stehen. „Wo wollen wir überhaupt hin? Das ist nicht der Weg zum Supermarkt.“

Das waren so Momente, die waren schwer für mich. Während ich noch eine trotzige Antwort formulierte, grummelte es leicht in den Wolken über uns. Das war so eine kleine Regieanweisung von oben. Ich besann mich und sagte freundlich: „Mein lieber Freund, wir wollten in die Kirche zum täglichen Gebet. Da vorne ist es schon.“

„Ach ja. Was sonst auch sollte man machen an so einem herrlichen Samstag.“ Er schaute mich glücklich an.

„Donnerstag!“, murmelte ich leise und schaute ängstlich zum Himmel. Alles blieb ruhig. Kein Donnerwetter. Wir gingen weiter zur Kirche. Ich öffnete die schwere, mit einem Rosenornament versehene Holztür an der Westseite der Sakristei. Angeblich war sie schon über zweitausend Jahre alt. Jesus behauptete, er habe sie damals in Jerusalem selbst angefertigt. Wer weiß?

Rückblickend ist das alles jetzt vielleicht lustig, aber damals war das einfach nervig. Die Tür quietschte, war sehr schwer zu bewegen! Immer. Außer, wenn Jesus sie öffnete. Dann glitt sie wie von selbst auf, ohne ein Geräusch zu machen.

Und später bei Elea, seiner Schwester, war es genauso. Schwupp, und sie hatte die Tür geöffnet. Vielleicht war das ja ein Zeichen, dass mir der Weg in die Kirche so schwergemacht wurde.“

„Kann sein. Aber wir wollen ja hier keine Therapiestunde abhalten. Erzählen Sie mehr von ihm!“ Ich versuche, den ersten Satz mit einem Lächeln abzumildern. Geschafft, er lächelt zurück.

„An diesem Tag hatten wir noch einmal so ein Wortgefecht. Wenn ich das alles jetzt so erzähle, ist es doch irgendwie lustig. Und etwas rührend.

Jesus war auf der Bank vor der Kirche eingeschlafen. Plötzlich wurde er wach, sah mich an und sagte: „Johannes!“

Ich schaute ihn nur entnervt an und sagte nichts.

„Johannes, der war auch so einer. Du erinnerst mich an ihn. Was ist wohl aus ihm geworden?“ Er schien in Gedanken zu sein. Dann dachte ich, zu wissen, wen er meinte. Ich holte mein Handy hervor und blätterte mich durch die Seiten.

„Moment! Habe es gleich. Wikipedia! Johannes! Da ist er. Johannes der Täufer. Bla bla bla. Im Jahre 38 wird dann Johannes von Fabius Octopus zum Obersten Kreuzritter ernannt und verfasst zwei Jahre später das Buch „Suche und Glauben“, die spätere ‚Heilige Schrift‘ der Kreuzritter.“ Ich hatte das Gefühl, damit Jesus Erinnerung etwas auffrischen zu können.

„Quatsch!“ sagte er nur. „Der Johannes, den ich meine, arbeitet im Supermarkt und bringt mir immer meine Einkäufe nach Hause. Ich war lange nicht mehr einkaufen ...“

So war er damals. Schon irgendwie berührend, oder?“

Tatsächlich bekommt mein Gegenüber beim Erzählen feuchte Augen. Bevor ich noch etwas sagen kann, steht er auf. *„Ich hole mir einen Kaffee. Möchten Sie auch? "*

„Ja gerne!" So habe ich etwas Zeit, meinen Notizzettel durchzusehen. Kurz darauf kommt er mit zwei Tassen herrlich duftendem Kaffee zurück. Er stellt sie auf den Tisch und setzt sich wieder mir gegenüber hin.

„Erzählen Sie doch jetzt einmal etwas, was Sie begeistert hat. Was es Ihnen leicht gemacht hat, Jahre lang an Jesus Seite zu sein. Da gab es doch sicherlich genug, oder?"

Im Zoo von Münster

„Oh ja, er konnte auch sehr witzig sein. Obwohl ich im Nachhinein glaube, dass das gar nicht immer beabsichtigt war. Zum Beispiel, als wir in den Münsteraner Zoo gingen.“

„Vermutlich, um den Esel zu besuchen?“

„Ja, aber nicht nur das. Er ging damals gerne durch den Zoo, schien dabei eine leise Unterhaltung mit den Tieren zu führen.

Ich erinnere mich an einen Tag, da waren wir dort an der Kasse verabredet. Es war nicht voll, ich stellte mich an das linke Kassenhäuschen und zeigte meine Jahreskarte vor. Jesus stellte sich an das rechte Häuschen und verlangte eine Seniorenkarte.

„Wie alt sind Sie denn, junger Mann?“ fragte die Verkäuferin süffisant. Sie schob ihre schwarze Hornbrille ganz langsam zur Nasenspitze und schaute Jesus mit ihren großen braunen Augen an.

„Zweitausendvierundzwanzig!“ antwortete Jesus, ohne eine Miene zu verziehen.
Die rothaarige Verkäuferin öffnete die Verbindungstür zwischen den beiden Kassenhäuschen und rief zu ihrer Kollegin: „Guck mal, Sabine! Der junge Mann hier will eine Seniorenkarte. Zweitausend Jahre ist er alt, älter als Noah und seine Arche. Den müssten wir doch eigentlich umsonst reinlassen.“

Jesus hatte die Ironie wohl nicht verstanden, sagte: „Ach, das ist ja prima, danke!“ Er marschierte an der verdutzten Verkäuferin vorbei in den Tierpark.

„Das ist wirklich amüsant, zumal er ja auch ehrlich war. War dies einer der üblichen Eselsbesuche?“

„Nein. Nun, wo Sie fragen, fällt mir das wieder ein. Es war der Tag im Mai, an dem er von seinem Vater zurückgeholt wurde. An dem Tag ist wirklich viel passiert.

Diesmal war etwas ungewohnt im Zoo. Die Eulen hüpften aufgeregt im Gehege hin und her, flattern wie aufgeschreckt herum. Sonst saßen Sie immer nur auf der Stange. Auch im Teich, die Gänse, kein Geschnatter, kein Geplantsche. Sie schwammen da, aufgereiht wie an einer englischen Supermarktkasse, in Zweierreihen. Die Köpfe bewegten sich leicht im Wind, kein Ton fiel.

Die Bären standen nebeneinander brav vor ihrer Käfigtür, als würde die jeden Moment geöffnet werden. Etwas weiter das gleiche Bild im Gehege bei den Ponys und Rindern. Wie in soldatischer Ordnung gruppiert standen sie in Zweierreihen, erst die Ponys, dann die Rinder.

Jesus kam fröhlich auf mich zu. Er hatte einen Lutscher in der Hand. „Schau mal, den hat mir der kleine Junge da geschenkt.“

Ich nickte und fragte ihn, was im Zoo los sei, weshalb die Tiere so unruhig wären.

„Ach das!“, sagte er. „Die Tiere sind etwas verwirrt, sie spüren wohl, dass etwas in der Luft ist. Sie sind da viel feinsinniger als die Menschen.“ Er packte langsam den Lutscher aus dem Papier.

Mir war aufgefallen, dass die Tiere da in Zweierreihen standen, als wenn sie auf die Arche warten würden. Ich fragte ihn, ob eine neue Sintflut bevorstände. Er lachte

70

mich aus und sagte: „Sintflut?! Jakob, was für einen Unsinn lernt ihr denn im Priesterseminar? Natürlich kommt keine Sintflut. Woher denn auch? Oder hast du gesündigt?"

„Nein!", sagte ich überrascht. „Alles gut!"

„Dann gibt es auch keine Sintflut!" antwortete Jesus und rief dann noch einmal extra laut: „Es gibt keine Sintflut!"

Nach und nach lösen sich die Formationen wieder auf. Es war echt irre. Auch eine ‚Marschkolonne‘ von Spatzen vorne am Kassenhäuschen flog wild flatternd in alle Richtungen auseinander.

Mit diesem Mann war immer etwas los."

„Das stimmt. Ich glaube nicht, dass er mir das erzählt hätte."

„Ich weiß nicht mal, ob er sich daran erinnert.

Aber, an diesem Tag hatte er auch eine wunderbare Predigt gehalten. In meiner Pfarrkirche in Münster. Das waren Augenblicke, die habe ich geliebt. Er konnte wunderbar erzählen, er schaffte es immer, die Menschen in seinen Bann zu ziehen."

„Oh ja, das habe ich gestern schon bemerkt."

„Ich erzähle ihnen mal etwas von der Predigt. Überhaupt, können wir nicht „Du" sagen? Das macht das alles etwas leichter, etwas weniger fremd."

„Du!" sage ich, nur so zum Scherz. Er versteht ihn nicht. Also fange ich noch einmal an. „Ja, gerne. Ich heiße Sarah.

Soll ich Sie Peter oder Jakob nennen?"

„Jakob, auf jeden Fall Jakob. Den Pfarrer und die Kutte habe ich in Rom gelassen, aber an Jakob habe ich mich bereits zu sehr gewöhnt." Er lächelt strahlend.

„Also, Sarah! Die Predigt. Das war, wie gesagt, kurz nach der Episode im Supermarkt. Und tatsächlich vor der Sache im Zoo. Interessant, an was ich mich heute alles so erinnere, wenn ich mit dir rede."

„Wenn das doch die Anfrage nach einer Therapiestunde ist… Mit 150 Euro sind Sie, äh, bist du dabei!" Ich lächele verschmitzt.

„Nein, nein! Aber ich finde es schon merkwürdig, was ich heute alles so aus meinem Gedächtnis hervorkrame. Das muss ja einen Sinn haben."

„Es liegt bestimmt an der geübten Interviewpartnerin." Ich warte auf ein Kompliment, ein zustimmendes Nicken, aber nichts kommt.

„Kann sein. Egal! Du wolltest wissen, was in der Messe damals geschah.

Jesus letzte Predigt

Also, es war dieser besagte Donnerstag. Wir kamen aus dem Supermarkt und bereiteten uns eilig in der Kirche auf die Messe vor.

Nach den üblichen Anfangsritualen und Gesängen übernahm Jesus das Mikrofon. Er verlas die Geschichte der Ankunft des Gottessohnes auf der Erde und dessen Geschichte bis zu seinem ominösen Verschwinden. Dieser Teil darf ja in keiner Messe fehlen.

Mein alter Freund hatte sich in Stimmung geredet. In seinen Gedanken war er wieder in „seiner" Zeit angekommen, der Zeit, als alles noch einfach und überschaubar für ihn war. In der Zeit, in der er noch von seiner Menschlichkeit überzeugt war, ohne das Gefühl, oder besser die Last, etwas ‚Besonderes' zu sein. Die Jugend seines Lebens, voller schöner Erinnerungen.

„Ihr alle, die ihr hier seid, ihr glaubt an Gott!", rief er, es klang wie eine Frage. Die Gemeinde nickte bestätigend. Natürlich!

Dann fragte er weiter. „Was wäre, wenn Gott plötzlich mitten unter euch wäre? Würdet ihr ihn erkennen? Oder Jesus, seinen Sohn, der in der Geschichte der Menschheit verloren gegangen ist, irgendwo und irgendwann? Würdet ihr sagen: Ja, du bist es!?"

Die Menschen in den Bänken schauten sich etwas irritiert gegenseitig an, wunderten sich, wohin diese Predigt gehen sollte. Ich geriet in Panik. Jesus, nicht jetzt! Das war so nicht abgesprochen. Schnell gab ich ein Zeichen an den Organisten und die Orgel übertönt mit aller Kraft die weiteren Worte Jesus. Der schaute mich empört an. Und dann verstummte die Orgel. Mitten im Spiel. Der Organist zuckte irritiert die Schulter und zog an diversen Hebeln und Knöpfen.

Rückwirkend betrachtet war der Versuch der Kirche, Jesus zum Schweigen zu bringen, wieder einmal gescheitert. Alle Augen und Ohren richteten sich wieder auf ihn, der vor der Gemeinde den Finger an den Mund legt.

„Pssst! Ich will euch heute einmal etwas erzählen. Es ist lange her. Ich war in der Wüste unterwegs und kam mit meinem Esel in ein Dorf am Ufer des Toten Meeres, es hieß En Gedi.

Es war die Zeit, in der ich lernte, mit meiner göttlichen Abstammung klar zu kommen. Glaubt mir, es nicht leicht, Gottes Sohn zu sein.“

Die Menschen in der Kirche lächelten irritiert, fragend, mitfühlend. Ich unternahm gar nicht erst einen weiteren Versuch, meinen Freund zu stoppen. Er predigte weiter.

„Aus dieser Zeit sind viele Wunder berichtet. Dem kleinen Dorf widerfuhr viel Gutes, auch wenn ich mitunter versehentlich ein oder zwei Mal eine Hütte in Brand setzte. Es ist leicht, einen Dornenbusch zu entzünden, aber das Holzscheit in dem Ofen der Bäckerei, das muss man schon genau treffen, sonst wird das Brot schwarz.“

Er lächelte und wie zur Bestätigung entzündet Jesus mit dem ausgestreckten Zeigefinger die Jahresabschlusskerze an der nördlichen Wand der Kirche. Ein Raunen ging damals durch die Bänke. Wieder so eines der kleinen Wunder, die ich dem Papst berichten sollte. Mein Freund schien Zeit und Raum vergessen zu haben, sein Blick war verklärt, als er weitersprach.

„Mein Vater hat mich beauftragt, euch das Wundern zu lehren. Diese Fähigkeit ist euch im Laufe der Jahrhunderte leider verloren gegangen. Waren die Fischer damals noch bereit, sich über etwas zu wundern, so sehe ich diese Fähigkeit bei euch heute nicht mehr. Je größer das Wunder, desto geringer ist euer Glaube. "

Jesus hob seine Arme wie zur Predigt und tauchte die ganze Kirche in goldenes Licht. Der Altar schien zu verschwinden, an seinem Platz begann eine Art dreidimensionaler Lightshow. Man sah Jesus in dem Dorf En Gedi mit den Menschen reden, sah die aufmerksamen Blicke seiner Zuhörer. Man sah ihn über das Wasser gehen und den Fischern beim Einholen der Netze helfen. Einzelne Ereignisse flossen vorbei, man fühlte sich selbst anwesend.

Keine zehn Minuten dauerte dieser Einblick in Jesus Leben und Wirken zu jener Zeit, über dreißig Lebensjahre des Gottessohnes brannten sich in die Herzen der Gemeinde.

Langsam erlosch das übernatürliche Licht und der Altar kam wieder zum Vorschein. Ich saß sprachlos auf meiner Bank. Wie sollte ich das den Menschen in der Kirche erklären? Einer Eingebung folgend sprang ich auf.

„Die Worte des Sohnes Gottes, Jesus Christus! " rief ich laut in die große Stille. So hoffte ich, die Situation gerettet zu haben. Doch unter den Anwesenden entstand keine Panik, wie ich befürchtet hatte. Sie saßen still auf den Bänken und schienen von einer besonderen Ruhe erfüllt.

Ich sah wie Jens, der kleine Unruhestifter aus dem dritten Schuljahr, seiner Mutter mit dem Ellbogen in die rechte Seite knuffte. Er rief: „Coole Effekte, Mama, echt krass. Ich komme nächste Woche wieder mit, versprochen. "

Aber ich war irritiert. Das war jetzt aber doch zu persönlich von Jesus gewesen! In der Ich-Form zu erzählen! Ich stand auf und ergriff das Mikrofon, während ich Jesus vorsichtig in Richtung der Bank an der Tür der Sakristei drückte.

„Danke, vielen Dank für die Geschichte aus dem Leben des Sohnes Gottes. Wirklich sehr bildreich erzählt. Man könnte meinen, du wärest dabei gewesen, wir wären dabei gewesen.“

Ich schaute vorsichtig nach oben, registrierte erfreut, dass kein Donner ertönte, dann schaute ich in die Augen meiner kleinen Gemeinde und zitierte meinen Vorredner.

„Je größer das Wunder, desto kleiner der Glaube.

Ja, es ist leicht, einen Dornenbusch zu entzünden, aber schwer, einen Ofen zu entfachen.

Liebe Gemeinde, was wollen uns diese Sätze sagen?“

Während ich mich dann redlich bemühte, spontan eine Ansprache zu diesen beiden Sätzen aus dem Hut zu zaubern, setzte Jesus sich wieder auf seinen Platz vor der Sakristei. Er war zufrieden. Wieder einmal hatte er ein kleines Wunder vollbracht.

Die Anwesenden würden sich weniger an das ‚Spektakel‘ erinnern, das er mitten in der Kirche aufgeführt hatte als an die Berührung, die sie tief drinnen gespürt haben. Kleine Wunder sind wahre Wunder.

Als die Messe beendet war atmete ich erleichtert auf. Das schien noch einmal gut gegangen zu sein. Der Papst wollte ausdrücklich kein Aufsehen. Die Menschen heute würden dieses Wunder für eine eigene Phantasie halten, für das

Ergebnis einer bildhaft erzählten und mitgelebten Geschichte. Nichts, was dem Kirchenobersten zu Ohren kommen wird.

Solche Erlebnisse hatte ich schon oft mit meinem alten Freund, aber dieses ist mir wirklich im Gedächtnis geblieben. Das war auch so ein Tag, wo ich an meiner Aufgabe zweifelte. Anfangs hatte ich begeistert jede Einzelheit nach Rom berichtet. Aber dann war ich vorsichtiger geworden. Der Papst wollte keine Details. Er wollte einfach nur ein großes, nachvollziehbares Wunder. Und nur er entschied, ob er es anerkennen würde oder nicht. Manchmal hatte ich das Gefühl, ich wäre mehr zur Bewachung Jesus eingesetzt als zur Beobachtung.

Aber meine eigenen Zweifel interessieren dich sicherlich nicht. War das so etwas, was du über Jesus wissen wolltest? Oder vielleicht etwas, das sonst keiner weiß, richtig?"

Mein Gegenüber schaut mich fragend an. Natürlich hat er Recht, mein Job hier ist die Befragung von Jesus, aber ein paar Background-Informationen füllen die Story sicherlich auf.

Jesus inkognito

„Nun, du hast Recht. Aber es interessiert mich trotzdem. Wann hattest du das erste Mal Zweifel an der Aufrichtigkeit deines Auftrages?"

„Ach, das war erst spät. Wie eben schon gesagt, am Anfang war ich echt bemüht. Ich war in dem Glauben, ich hätte eine wirkliche, wichtige Aufgabe übertragen bekommen. Siehst du, schließlich bin ich ja Priester geworden, weil ich der Institution Kirche folgen wollte. Und ich hätte es vor meiner Zeit mit Jesus als das größte Wunder überhaupt angesehen, wenn Jesus aufgefunden worden wäre. Und dann noch von mir! Das hätte ich nie erwartet!"

„Das klingt so, als wäre es eine Ernüchterung gewesen, endlich zum Glauben gefunden zu haben." Ich schaue mein Gegenüber prüfend an.

„Oh nein, das hast du falsch verstanden. Es war für mich überwältigend, tatsächlich zu erleben, dass ich Gottes Sohn ‚gefunden' hatte. ‚Gefunden' setze ich extra in Gänsefüßchen, denn schließlich wusste der Papst ja immer, wo Jesus war. Er weigerte sich nur, wie auch alle seine Vorgänger, dies bekannt zu machen."

„Ich verstehe das immer noch nicht so ganz. Was wäre denn so schlimm daran gewesen? Und wieso hat Jesus sich nicht einfach den Papst geschnappt und ihm die Pistole auf die Brust gesetzt: Erkenne mich an oder ich setze die Welt in Flammen. Oder so ähnlich."

Jakob lacht laut los und es dauert eine ganze Weile, bis er sich wieder beruhigt hat.

„Was war denn jetzt so lustig?" frage ich wirklich irritiert.

„Ach, du kennst halt Jesus nicht! Das Bild in meinem Kopf mit dem Papst und Jesus mit der Pistole, das war einfach umwerfend komisch. Das würde nie so passieren, da kannst du sicher sein. "

„Nun ja, seine Schwester war da ja weniger zimperlich. Wenn ich an das Video denke mit dem Papst, der voller Angst an der Decke schwebt. Und die Geschichte mit ihrem Besuch im Vatikan, nachdem der versucht hatte, sie zu vergiften. Das war nun wirklich nicht friedliebend."

Jakob lächelt in sich hinein.

„Das stimmt, zumindest hatte es den Anschein. Aber es war keine ,Pistole auf die Brust'. Der Papst hatte die freie Wahl, und er hatte sich entschieden. Die Konsequenzen aus seinem Handeln waren ihm bekannt. "

„Auch der Flug an die Decke? Das war so abgesprochen?"

Jakob schaut mich verständnislos an.

„Entschuldige, das war etwas Sarkasmus. Du hast sicherlich Recht. Und den freien Willen, den Gott uns geschenkt hat, den hat Elea ja immer wieder betont, als unser wichtigstes Geschenk des Himmels.

Kommen wir zurück zu Jesus."

„Gerne! Also, es entspricht nicht seinem Naturell, große Aufmerksamkeit auf sich zu ziehen. Er begnügt sich damit, im Stillen zu wirken und so den Glauben an die Schöpfung zu verbreiten. Steter Tropfen höhlt den Stein.

Und es ist ja nicht so, dass er es nicht immer wieder versucht hätte, in all den Jahrhunderten. Vielleicht war er der Meinung, die Menschen wären noch nicht ‚reif' für die Begegnung mit ihm.

Im vierten Jahrhundert zum Beispiel lud Kaiser Constantin alle, Vertreter der Christen, Kreuzritter und einige hohe staatliche Würdenträger, nach Nicäa ein. Es sollte eine große Zusammenkunft werden, sie war über Monate hinaus vorbereitet worden. Einladungen wurden mit berittenen Boten ins ganze Reich verschickt, hunderte Unterkünfte wurden hergerichtet. Das muss damals ein immenser Aufwand gewesen sein.

Dort wurde dann das erste Mal schriftlich festgehalten, welche der Wunder Jesus offiziell anerkannt wurden. Es wurde fleißig debattiert, weggelassen und dazu gedichtet, bis es passte. Irgendwann war es dann so weit, das erste TESTAMENT, das Buch über das Wirken Gottes, wurde niedergeschrieben. Zwölf Kopien wurden verfasst und als Dekrete des Kaisers in alle Himmelrichtungen verbracht. Damit sollten ein für alle Mal die neuen Glaubenssätze festgeschrieben sein. Und Jesus war dabei. Er gab sich als Gefolgsmann des Presbyters Arius aus. Die ganze Zeit über verriet er nicht seine wahre Identität, er blieb im Hintergrund.

Jesus hat mir erzählt, dass er, immer noch unerkannt, die Vereinbarung über die Gewaltenteilung zwischen Kreuzrittern und Kirche aushandelt hatte. Als Gesandter, nicht als Sohn Gottes. Die neu gegründete Kirche sollte sich um die religiösen Belange kümmern, die Kreuzritter waren verantwortlich für die Suche nach Jesus und die Mehrung weltlichen Reichtums.

Er hielt seine Identität wohl geheim, weil er es genoss, nur als ein einfacher Mensch gesehen zu werden. Niemand hatte dort wunderbare Taten von ihm erwartet, jeder sah ihn so, wie er war.

80

Als der Kaiser und der Oberste Kreuzritter feierlich ihre Vereinbarung unterschrieben hatten, gingen alle an den See, um dort eine Messe abzuhalten. Sie fand direkt neben den Booten der Fischer statt, die ja ihren Anteil an dem heiligen Symbol des Fisches lieferten. Jesus hielt seine Arbeit für erledigt. Messen waren damals nicht so sein Ding. Nichts, worin er sich wiederfinden konnte.

Auf dem See sah er dann Chevros, einen Freund griechischer Abstammung, mit seinem Boot den Fang einholen. Er ging zu ihm, um ihm zu erzählen, welche großen Ereignisse in dieser Stadt stattgefunden hatten. Und dass er auch einen Anteil daran gehabt hatte. Er ging einfach zu ihm, ohne auf das Wasser zu achten und natürlich ohne einzusinken.

Am Ufer aber sank der Kaiser ohnmächtig zusammen, seine letzten Worte waren: „Er ist es, der Sohn Gottes! Er war die ganze Zeit unter uns.“

Der Oberste Kreuzritter, der Jesus dann auch auf dem See entdeckte, befahl seinen Leuten, ihm sofort nachzusetzen und ihn zurück zu holen. Aber sie hatten keinen Erfolg.“

Jakob dreht sich zum Eingang des Eiscafés um und winkt mit dem Finger. Dann fährt er fort:

„Ja, so war mein treuer Freund schon damals. Immer da, wo es nötig war, aber doch irgendwie unsichtbar.“ Er schmunzelt. *„So wie gestern, als du ihn für den Kellner gehalten hast.“*

Ich muss grinsen und nicke. Ein Blick auf die Uhr, noch etwa eine Stunde Zeit. Ich muss weiterfragen.

„Eine schöne Geschichte. So kenne ich sie noch gar nicht. Aber wir haben jetzt genug über die Vergangenheit geredet, erzähl mir noch etwas von dem Jesus, den du kennengelernt hast. Wie war der so? Am Anfang und im Laufe der Zeit. Was hat sich verändert?“

„Das sind viele Fragen auf einmal. Ich erzähle am besten einmal von einem besonderen Tag im Altenheim. Das war direkt nach dieser wunderschönen, bildreichen Predigt, von der ich eben erzählt habe. Wir gingen von der Kirche direkt zum Mittagessen.“

Die Kellnerin kommt und stellt uns zwei Espresso auf den Tisch. Während sie zum nächsten Tisch weitergeht, lässt sie ihre Finger sanft über Jakobs Schulter gleiten. Der lächelt und greift nach seiner Tasse. Ich frage nicht weiter.

„Nun, wo waren wir? Ach ja! Jesus war bester Laune und sehr zufrieden mit seinem Auftritt während der Messe, er war wirklich aufgekratzt. Aber das dauerte nicht lange. Kurz vor dem Altenheim wollte er schon wieder einkaufen gehen. Er hatte das Ereignis vom Vormittag völlig vergessen. Das war wirklich ein Tag mit sehr vielen Aufs und Abs.

Im Altenheim nahmen wir wie meistens unser Mittagessen zu uns.“

„Moment, du warst auch immer dabei? Ach ja klar, falls mal ein Wunder geschehen sollte, oder so.“

„Genau. Ich war sein Schatten, kannst du sagen. Und er das Licht. Ein schönes Bild!“

„Nun ja, wenn er das Licht war und du der Schatten, dann war da etwas, das zwischen euch stand.“

„Ich verstehe nicht.“

„Nun, die Sonne allein wirft keinen Schatten. Sie braucht etwas, auf das sie scheint und das dann den Schatten wirft.“

„Ach, ich verstehe, was du meinst. Schade, ich fand das war ein schönes Bild.“

„Stimmt! Lassen wir es doch dabei. Und das, was den Schatten warf, war … die Kirche! Das finde ich eine gute Idee.“

Jakob schmunzelt.

„Okay, das können wir so stehen lassen. Und du hast wirklich keine therapeutische Ausbildung?“

Ich schüttele den Kopf.

Jesus im Altenheim

„Nun! Also zurück zum Seniorenheim. Finanzieller Träger war übrigens der Vatikan, der ausnahmsweise hier einmal nicht auf Gewinn aus war. Wer von einer Kommission ausgewählt wurde, konnte hier zu dem Preis einer normalen Mietwohnung seine letzten Jahre in guter Betreuung verbringen.

In einem dieser Zimmer war auch Jesus untergebracht. Nicht, wegen seines hohen Alters, sondern weil der Vatikan ihn ja gerne etwas „unter Aufsicht“ hatte, wie der Papst im Gespräch mit mir öfter zu sagen pflegte.

Wir hatten an diesem Tag wieder einmal ‚was wäre wenn?‘ gespielt.“

„Was ist das?“

„Ach, das ist ein schönes Spiel, das der alte Bernd sich einmal ausgedacht hatte. Einer nennt irgendein Ereignis und alle überlegen, was passiert wäre, wenn dieses Ereignis nicht stattgefunden hätte.“

„Lassen Sie mich raten! An dem Tag ging es um den brennenden Dornbusch, also, was gewesen wäre, wenn … Nein! Ich glaube, es ging um das Würfelspiel. Wahrscheinlich haben Sie diskutiert, was passiert wäre, wenn Pontius Pilatus gewonnen hätte.

Mein Gott, dann wäre Jesus ja gekreuzigt worden!“

Was für eine absurde Vorstellung! Und Jakob nickt auch noch.

„Richtig! Ich habe dich unterschätzt. Es war schon ein

merkwürdiger Mittag. Es gab Fisch mit leckeren Petersilienkartoffeln, Rosmarinschaum, Möhrenschnitzen und Kürbisspalten. Konisch, daran erinnere ich mich noch heute. Zum Nachtisch hatten wir Schokoladeneis. Alle aßen mit großem Appetit. Nur Jesus ließ seine Schüssel unangetastet."

„Vielleicht fehlten die Walnüsse?" Den Gag konnte ich mir einfach nicht verkneifen. Jakob lächelt müde.

„Nein, das war es nicht. Jesus war in Gedanken. Wenn ich heute darüber nachdenke, glaube ich, war ihm klar, dass dies sein letzter Tag auf Erden sein sollte.

Wir hatten alle, bis auf Jesus, unser Eis gegessen, sein Eisbecher stand unangetastet auf dem Tisch. Er schien keinen Appetit zu haben.

„Magst du es lieber geschmolzen?" versucht ich ihn in das Hier und Jetzt zurück zu holen.

Er antwortete müde: „Wie bitte? Ach so, nein. Entschuldigung. Ich hatte meine nachdenklichen fünf Minuten. Die habe ich alle fünfhundert Jahre." Dabei lächelte er etwas gequält. Dann stand er auf, hob die Hände und sagte:

„Meine lieben Freunde, ich habe euch so viel aus meinem Leben erzählt und habe auch so viel von euch bekommen, ich möchte euch heute auch gerne etwas wiedergeben."

Die Menschen am Tisch wendeten sich ihm erwartungsvoll zu. Ich wusste nicht, was er damit andeuten wollte. Dann sagte er laut:

„Bernd, komm bitte, du kannst meinen Nachtisch haben."

Irgendwie hatte die Tischrunde etwas Anderes erwartet, etwas Besonderes, Großartiges. So schauten alle etwas enttäuscht oder irritiert Bernd zu, der langsam um den Tisch ging, um sich Jesus Eisbecher zu holen. Eine starke, unerklärliche Spannung lag in dem Raum, der völlig still war. Plötzlich schrie es aus Annette heraus:

„Er kann gehen! Bernd geht! Seht ihr das denn nicht?!“

Jetzt erst erkannten auch die Anderen, was hier gerade anders war als sonst. Bernd, der die letzten zwanzig Jahre im Rollstuhl verbracht hatte, konnte gehen. Jubel brach aus, alle standen von ihren Plätzen auf und stürzen auf Bernd zu und umarmten ihn. Sie versuchten, seine Hand zu schüttelt, die immer wieder nach dem Eisbecher greifen wollte. Bernd war innerlich so gerührt, dass er äußerlich gar keine Regung zeigte. Er ließ sich umarmen und schüttelte Hände. Dann griff er nach dem Eisbecher und schlurfte zurück an seinen Platz, als wäre es das Selbstverständlichste von der Welt. Er setzte sich hin und genoss den zweiten Nachtisch. Seine Augen leuchteten feucht.

Das war eines der vielen kleinen Wunder, die Jesus so nebenbei wirkte. Einfach so, wie selbstverständlich.

Als dann alle auf ihre Zimmer gegangen waren, fragte ich Jesus: „Wieso Bernd? Warum nicht alle? Und warum jetzt? Jesus, ich verstehe das nicht.“

„Es war seine Zeit“, antwortete er knapp.

Damit war ich aber nicht zufrieden. Ich hakte nach. „Aber die haben doch alle ein Problem, ein Gebrechen, brauchen Hilfe. Warum nur er?“

„Ich kann nicht jeden Menschen gesundmachen, das ist nicht das, wofür ich hier bin. Tröste dich, das ist auch für mich nicht immer leicht auszuhalten." Das war seine Antwort, die mich bis heute beschäftigt.

„Moment, das muss ich aufschreiben! Darf ich das zitieren?"

„Natürlich, es ist die Wahrheit."

„Das ist echt bewegend. Die ganze Geschichte, und auch Jesus Antwort. Ist er doch nicht allmächtig? Leidet er unter seinen fehlenden Fähigkeiten?"

„Das musst du ihn schon selbst fragen."

„Das werde ich, mit Sicherheit!" Aber ganz zufrieden bin ich noch nicht. Ich schaue auf die Uhr. Die Zeit ist wie im Fluge vergangen, noch eine halbe Stunde bis zum Treffen mit Jesus. Ich muss noch mehr aus Jakob herausbekommen. Er ist wirklich eine einzigartige Informationsquelle. Ich klappe meinen Notizblock noch einmal auf und schaue mein Gegenüber ermunternd an.

„Erzähle mir noch etwas über dieses Spiel …"

Eine Welt ohne Jesus?

„Was wäre wenn …? “

„Ja, genau. Es ist ja kaum vorstellbar, dass Jesus am Kreuz gestorben wäre. Unsere Welt sähe heute ja ganz anders aus. Ich kann mir das gar nicht vorstellen. Was haben sich die Leute im Heim damals so gedacht und wie hat Jesus darauf reagiert?“

Jakob greift in seine Gesäßtasche und zieht eine lederne Brieftasche hervor. Er kramt bedächtig zwischen den vielen kleinen Zetteln und Karten, dann hält er lächelnd ein zerknittertes Stück Papier hoch.

„Hier ist es! Ich habe es mir damals nach dem Treffen aufgeschrieben. Die Idee eines am Kreuz gestorbenen Jesus war so verrückt, dass ich das einfach notieren musste. Anfangs hatte ich vor, es dem Papst vorzulegen, aber das wäre ja sinnlos gewesen. Wie letztendlich so vieles von dem, was ich getan habe. “

Mit sichtbarer Wehmut entfaltet er den Zettel, dann lehnt er sich bequem zurück in seinem Stuhl. Jakob klappt den Zettel so achtsam auseinander, dass ich schon fast Hochachtung vor diesem Stück Papier empfinde. Als wäre es die letzten Worte eines vor langer Zeit Verblichenen.

„Passen Sie auf!

Als Erste hatte Frau Müller angefangen. Sie dachte schlichtweg daran, dass sie dann nicht so viel Spaß in ihrem Heim gehabt hätte. Nicht weiter wichtig für die Menschheit, aber eben für Frau Müller.

Der fesche Gustav hatte sich mehr Gedanken gemacht. Er

wies darauf hin, dass es dann wahrscheinlich auch keinen Aufstand in Jerusalem gegeben hätte, worauf das römische Reich sich immer weiter ausgebreitet hätte. In seiner Vorstellung wäre Jerusalem heute immer noch römisch und wir würden „Ave" sagen, statt „guten Tag". Die ganze Welt wäre wahrscheinlich römisch, und wir hätten keinen Kanzler, sondern einen Kaiser oder Imperator.

Geschichte war halt eine seiner besonderen Interessen.

Jens Peter hielt es schlichtweg für unmöglich, dass Gott es überhaupt zulassen würde, dass sein Sohn gekreuzigt würde. Und wenn doch, dann wäre Jesus einfach im Laufe der Geschichte vergessen worden. Und wir würden wohl auch nicht an Gott glauben. Auch eine interessante Vorstellung.

Ahmet griff den Gedanken auf. Er meinte, es gäbe dann auch keine Kirchen, überhaupt keinen Glauben, und natürlich keine Päpste, keine Kreuzritter, keine Messen, in denen die Menschen zusammenkämen. "

„Interessant. Ich habe mir tatsächlich noch nie darüber Gedanken gemacht. Das war für mich einfach etwas, das feststeht. Gottes Sohn ist irgendwo auf der Welt unterwegs und wirkt im Stillen. Er wartet auf den großen Moment, sich zu offenbaren. Die Kirche verwaltet sozusagen für ihn den Glauben, die Kreuzritter das Vermögen. Einen toten Gottessohn habe ich mir nie vorgestellt. Warum denn auch?"

„Das ist richtig, wir sind ja mit diesem Glauben groß geworden. Aber es ist, wie das Wort ja schon sagt, ein Glauben. Von den Fakten sind wir ja meist ferngehalten worden. "

Er hat Recht. „Ja, das stimmt. Und deswegen bin ich ja hier, um das alles aufzuarbeiten und klarzustellen. Die Menschen haben ein Recht auf die Wahrheit.“

„Da stimme ich Ihnen zu. Aber was ist die Wahrheit? Bis vor Kurzem haben Sie doch sicher geglaubt, alles, was die Kirche Ihnen erzählt, sie wahr. Und dann sind Sie eines Besseren belehrt worden.

Können Sie wirklich sicher sein, dass das, was Sie hier erfahren, die Wahrheit ist? Und immer wahr bleibt?“

Ich runzle die Stirn, Was will er denn jetzt damit sagen? Oder will er mich nur auf die Probe stellen?

„Soll das heißen, Sie lügen mich an? Oder ich müsse das, was der Sohn Gottes mir anvertraut, in Zweifel ziehen?“

Der ehemalige Pfarrer lacht laut auf.

„Nein, keineswegs! Ich wollte nur darauf hinweisen, dass das, was wir unter Wahrheit verstehen, im Laufe der Zeit auch Veränderungen unterworfen ist. Aber das ist eher ein philosophisches Thema.

Wo waren wir stehen geblieben?

Ach ja. Was wäre wenn ...

Svenja war der Meinung, es gäbe dann ja auch keine Kreuzritter. Ohne dieses Würfelspiel und den Rotwein wäre der Oberste Kreuzritter ja nie darauf gekommen, einen Orden zu gründen. Keine Organisation würde Reichtümer sammeln um Jesus seinen angemessenen Platz in der Welt vorzubereiten.

Vielleicht wäre der Reichtum in der Welt dann gerechter verteilt und die Kirche gäbe es auch nicht. Und es gäbe keine Kirchensteuer, keine Kreuzritterabgaben, es gäbe einfach viel mehr Geld und das wäre besser verteilt und die Leute wären glücklicher.

Sicherlich eine schöne Vorstellung.

Zum Schluss vielleicht noch das, wie Wolfgang sich eine Welt mit einem toten Jesus denken würde. Er meinte, es gäbe auch keine Wunder. Die paar Wunder, die Jesus vor seiner Kreuzigung vollbracht hatte, hätten nie ausgereicht, um ihn berühmt zu machen. Es gäbe keine Symbole und auch keinen symbolträchtigen Fisch.

Welches Symbol hätte Constantin dann auf seinem Kreuzzug in die Schlacht getragen? Wohl kaum das eines Mannes, der am Kreuz gestorben ist. Das wäre ja ein trauriges Bild. Die Schlacht wäre von Anfang an verloren gewesen, trotz der Hilfe der Kreuzritter. Aber die hätte es dann ja auch gar nicht gegeben.

Ach ja, und die berühmte Schlacht wohl auch gar nicht, denn Constantin hätte Jesus Botschaft ja gar nicht erhalten. Und auch gar keinen Grund für einen Glaubenskrieg gehabt.

Man kann das natürlich endlos ausweiten. Wirklich bemerkenswert fand ich aber das, was der alte Bernd zum Abschluss bemerkte. Er wandte sich direkt an Jesus und sagte:

„Ohne dir zu nahe treten zu wollen, Jesus, aber wenn so ein paar Wunder am Anfang schon die teilweise Zerstörung Jerusalems zur Folge hatten, was hast du denn ungewollt mit deinem Wirken sonst noch angestoßen? Wie weit hast

du unsere Geschichte beeinflusst, ungewollt oder auch extra?

Ich will nicht sagen, dass du da an irgendetwas schuldig bist, ich meine nur, ,was wäre wenn', dann wäre ja alles möglich. Auch, dass heute alles viel schöner und besser wäre.

Die Worte haben Jesus damals sehr betroffen gemacht, ich kann mich noch gut an seinen Gesichtsausdruck erinnern. Er hat lange nachdenklich geschwiegen.

Soweit mein kleiner Einblick in die Zeit im Altenheim und die kleinen Wunder. "

Er faltet seinen Zettel wieder sorgsam zusammen. Und ich habe wieder eintausend Fragen auf der Zunge.

„Das ist wirklich eine schöne Geschichte. Und eine wirklich merkwürdige Vorstellung. Eine Welt, in der Jesus bereits zweitausend Jahre tot ist. Unglaublich!

Aber die Frage von Bernd bringt mich auf eine andere Frage.

War Jesus immer zufrieden mit allem, was er bewirkt hat oder hat er auch einmal Zweifel gehabt? Oder sogar Fehler gemacht? Du sagtest, er habe nach der Frage sehr betroffen gewirkt."

„Ja, natürlich gab es Situationen, also in der Zeit, die ich mit Jesus verbracht habe, wo er nicht immer bester Stimmung war. Und auch Momente, wo er laut Zweifel geäußert hat an der Bedeutung seines Handelns.

Auch nach der Messe, von der ich eben erzählte habe, sagte er: „Seit zweitausend Jahren wandele ich durch die Welt und predige, mal einigen, mal mehreren, mal vielen Menschen. Immer habe ich das Gefühl, dass meine Worte, Gottes Worte, sie erreichen. Sie stehen da, hören zu, nicken zustimmend. Und was tun sie dann? Sie gehen nach Hause, verfallen in ihren alten Trott, und alles ist, wie es vorher war.

Viele holen sich sogar jeden Sonntag, mit schöner Regelmäßigkeit, ihr wöchentliches Gewissens-Aufrütteln in der Kirche ab, nur um es dann ein paar Stunden später mit Kaffee und Kuchen zuzuschütten. Und nicht tausende von Kilometern entfernt, nein, nur ein paar Straßen weiter leiden die Menschen Hunger und Not.

Weißt du, Jakob, mein Freund, ich verstehe euch Menschen einfach nicht. Ihr wartet Milliarden von Jahren auf eure Geburt, dann schenkt Gott euch siebzig, vielleicht achtzig oder neunzig Jahre, und danach seid ihr eine Ewigkeit tot. Wieso, in Gottes Namen, macht ihr nichts aus dieser Zeit, die euch geschenkt wird? Ist das denn so schwer zu begreifen, dass ihr nur dieses bisschen Leben habt? Ist das so schwer, es euch und den Anderen schön zu machen? Glücklich zu sein?"

"Waren Sie in der Zeit mit Jesus glücklich?"

Der stille Zuhörer

„Ja, das würde mich auch sehr interessieren", sagt eine Stimme direkt neben mir. Ich springe vor Schreck aus dem Stuhl. Jesus steht neben mir.

Ich stottere, immer noch überrascht: „Wie lange sind Sie denn schon da?" frage ich etwas lauter, als beabsichtigt.

Der Sohn Gottes lächelt schelmisch. *„Über zweitausend Jahre!"*

„Das meinte ich nicht. Ich meine, wie lange Sie schon hier stehen. Das wissen Sie genau!"

„Ach, schon sehr lange. Ihre Aufmerksamkeit war nur woanders, deswegen haben Sie mich nicht wahrgenommen."

„Trotzdem, so etwas macht man nicht!" Ich halte meine Hand vor den Mund. Habe ich gerade Jesus, den Sohn Gottes, gemaßregelt? Ja, habe ich. Meine Güte! Was passiert jetzt? Wo ist meine Demut, zumindest mein Respekt geblieben?

„Es tut mir leid, das wollte ich nicht. Entschuldigen Sie bitte. Ich weiß auch nicht, wo meine Distanz geblieben ist, meine Demut, dem Sohn Gottes gegenüber."

„Was meinen Sie, wo sie geblieben ist, Ihre Demut?"

Aus dem Augenwinkel sehe ich Jakob grinsen, aber ich halte Blickkontakt mit Jesus. Ich kann es mir nicht leisten, dass er dieses Interview absagt. Und dazu vielleicht noch meinen Verlag über respektloses Verhalten informiert. Wie komme ich da wieder raus? Meine Gedanken kreisen. Zu lange! Jesus schaut mich immer noch wartend an. Dann setzt er sich und deutet mir mit einer Handbewegung an, mich auch wieder zu setzen. Ich falle in den Stuhl.

„Wie war noch einmal die Frage?"

„Es ging um Demut."

„Ach ja! Also noch einmal, ich wollte Sie da eben nicht anschreien. Ich hatte mich nur so erschrocken, dass Sie plötzlich da waren."

„Das war nicht die Frage."

„Ja, das stimmt! Ehrlich gesagt, habe ich nie richtig darüber nachgedacht. Wenn man mir noch vor einem Jahr gesagt hätte, ich wurde Sie, Jesus, treffen, ich hätte es kaum glauben können. Es wäre für mich wie ein Wunder gewesen. Nur Sie zu treffen, das wäre ja wohl der Traum Hunderttausender, wenn nicht Millionen von Menschen gewesen. Schließlich sind sie ja die Grundlage unseres Glaubens.

Und gestern, da treffe ich Sie einfach hier in einem Café und Sie sind … so normal, so menschlich."

„Das ist ein schönes Kompliment."

„Für den Sohn Gottes? Wirklich?"

„Ja! Was hat sich geändert?"

„Hmmh! Zum einen sind es natürlich die Ereignisse rund um das Erscheinen von Ihrer Schwester Elea. Die Tatsache, dass die Verschleierungen des Vatikan und die Geschäftspraktiken der Kreuzritter öffentlich gemacht wurden. Zum anderen sicherlich auch, dass wir eine Vorstellung von Ihnen gegen ein reales Bild eintauschen konnten. Dass Sie tatsächlich da waren, nicht nur eine Gestalt, die in der Geschichte verloren gegangen ist."

„Meine so genannte Himmelfahrt haben Sie nicht erwähnt. War sie nicht bedeutungsvoll genug?"

Ist er jetzt eitel, beleidigt, oder fühlt sich seiner Schwester unterlegen? Ich muss das ausbügeln.

„Natürlich! Das war ja letztendlich das Ereignis, das alle nachfolgenden im letzten Jahr auslöste."

„Also habe ich in den zweitausend Jahren weniger bewirkt als meine Schwester in einem Jahr? Wäre es anders gekommen, wenn ich doch gekreuzigt worden wäre?"

Das geht jetzt doch zu weit. Ich beuge mich lächelnd nach vorne.

„Entschuldigen Sie bitte, aber jetzt arbeiten wir in vertauschten Rollen. Sollte nicht besser ich die Fragen stellen und Sie geben die Antworten. So, wie wir es abgesprochen hatten?

Es ist für mich eine einmalige Gelegenheit, mit dem Sohn Gottes zu reden, mit ihm ein Interview führen zu dürfen. Wie eben schon gesagt, ich hätte mir das vor einem Jahr nicht träumen lassen."

Ich schalte das Diktiergerät ein, er nickt und lächelt milde. *„Gut gekontert! Aufgeschoben, aber nicht aufgehoben. Ich habe schließlich auch noch ein paar Fragen an Sie."*

„Dazu werden wir bestimmt noch Gelegenheit haben. Aber zunächst möchte ich noch ein paar Fragen loswerden, die ich gar nicht im Gepäck hatte. Die sind gestern und heute erst dazugekommen."

„Bitte, ich habe Zeit! Das Eis geht auf Sie?"

Jakob lächelt und steht auf. *„Ich verstehe. Dann werde ich mal loslegen. Und viel Spaß euch beiden."* Ein Lied pfeifend schlendert er auf seine Eisdiele zu. Mich hat er gar nicht gefragt, was ich möchte, aber das ist egal. Er wird schon wissen, was mir schmeckt.

„Sie haben gestern ein kleines Drehspiel mit meinem Namen veranstaltet und mich mit einigen Fragezeichen ins Hotel geschickt. Warum?"

„Haben Sie etwas herausgefunden?"

„Ja, tatsächlich. Ihr Hinweis hat endlich eine Lücke in unserer Familienchronik geschlossen. Weshalb haben Sie das getan?"

„Es war wichtig. Die Teile mussten wieder zusammengefügt werden."

„Eine vage Antwort. Weshalb bin ich hier? Wegen meines Familienstammbaums?"

„Gute Frage, weshalb sind Sie hier?"

„Weil mein Verlag mich geschickt hat und dies eine vermutlich einmalige Gelegenheit ist, ein Interview mit … Na, hören Sie mal, wer stellt hier die Fragen?"

„Sie!" Er grinst.

„Weshalb bin ich hier?"

„Woher soll ich das wissen, wenn Sie es nicht selbst wissen? Sie sind doch freiwillig gekommen, oder?"

„Ja, natürlich! Ich wollte einfach mehr erfahren."

„Über wen?"

„Über Sie!"

„Nicht über sich?"

„Nein, über mich weiß ich alles." Ich muss an die jetzt geschlossene Lücke in unseren Chroniken denke und schlage kurz die Augen nieder. Dann setze ich nach: „Zumindest das, was ich wissen muss. Oder will."

„Da gibt es einen Unterschied?"

„Ja natürlich! Zum Beispiel … Moment, können wir das jetzt lassen? Ich möchte ein Interview mit Ihnen führen. Ich frage, Sie antworten. Okay?"

„Okay, wenn Sie es so wünschen."

„Bitte!"

Jakob, wieder mit seiner Schürze bekleidet, serviert uns zwei Eisbecher. Einen mit ganz viel Walnüssen und einen Zitronenbecher. Meine Lieblingseissorte. Genial! Und eine willkommene Abwechslung in diesem Wortgefecht.

Was hat Jesus wohl gemeint? Was könnte ich über mich herausfinden? Wir sitzen eine Zeit lang schweigend und genießen das köstliche Eis. Als ich mit meinem Becher fertig bin, ergreife ich das Wort.

„Sie hatten eben über Ihren letzten Tag auf der Erde gesprochen. Sie nannten ihn ‚Himmelfahrt‘. Erzählen Sie mir mehr, warum Sie gerade an diesem Tag so auffällig an die Öffentlichkeit getreten sind, nur um dann auch gleich wieder zu verschwinden. Und sogar endgültig, wie der Papst ja später erzählte.“

„Ach ja, das ist eine lange Geschichte. Wollen Sie noch einen Eisbecher, während Sie zuhören?“

Er scheint das ernst zu meinen, aber ich kann nicht verhindern, dass ich die Augen zum Himmel rolle. Als ich meine Mimik wieder im Griff habe, entgegne ich betont freundlich: „Nein danke, später vielleicht. Ich möchte gerne erst die Geschichte hören.“

Mist! Bestimmt kann er doch Gedanken lesen! Aber er lächelt freundlich. Ist wohl noch einmal gut gegangen.

Jesus macht es sich auf seinem Stuhl gemütlich, schaut zum Himmel hinauf und erzählt: *„Das war am neunten Mai letztes Jahr. Es war für mich ein anstrengender Tag, Einkaufen, Altenheim, Messe lesen, Zoobesuch und so weiter. Ich werde eben alt!“*

Er grinst!

„Nachmittags hatte ich mich mit Jakob in der Eisdiele meines, na, sagen wir mal, Schwiegervaters getroffen. Pélé Gramm. Es hieß früher Kilo, aber als er sich in Deutschland einbürgerte, änderte er den Namen in etwas ‚Leichteres‘, wie er immer erzählt.

Nun ja, dann war da diese Episode, wo ich glaubte, meine Mutter gesehen zu haben. Danach gingen wir noch etwas im Park spazieren. Jakob, Anna und ich. Ich war müde und sehr in Gedanken verstrickt. Da kam dann so ein bulliger Jugendlicher, kahlrasiert und mit einem ‚MAMA‘ Tattoo auf dem Unterarm, und redete mich an. Belästigte mich. Ohne Grund. Nur, weil ich laut in meinen Gedanken vertieft war.

„Ey Alter, mach nicht so ein Wind. Willst du mich anmachen, oder was? Wie siehst du überhaupt aus, du Penner?!“, rief er und zeigte auf meine eisverschmierte Jacke. Ich hatte etwas gekleckert.

Anna versuchte noch, die Situation zu retten und schob den Jungen freundlich aber bestimmt weiter. „Er hat dich nicht gemeint“, flüsterte sie zu mir.

Aber irgendwie waren seine Worte der Tropfen, der das fast unendlich große Fass dann doch zum Überlaufen brachten. Ich vergrub mein Gesicht in meiner Hand und weinte leise. Das hatte ich Jahrhunderte nicht mehr getan. Weinen, meine ich. Ich hatte plötzlich das Gefühl, zweitausend Jahre umsonst gelebt zu haben.

Ich kann das bis heute nicht verstehen. Anna, meine Liebe, die Mutter meiner Kinder saß neben mir, aber ich zweifelte am Sinn meines menschlichen Daseins.

Himmelfahrt und die Folgen

Ich stand auf, hob meine Arme nach oben und schaute in den Himmel. Dann rief ich: „Vater, ich kann nicht mehr!"

Die Vögel hörten unvermittelt auf zu singen und schwarze Wolken zogen von überall heran. Die Menschen im Park blieben stehen. Es donnerte und ein Blitz entlud sich krachend. Noch bevor er jedoch die Erde erreichte, blieb er wie versteinert in der Luft stehen.

Ich hatte ihn gestoppt. Die Luft begann zu knistern, der Blitz verfärbte sich von weiß nach gelb und dann nach rot. Ein unnatürliches Geräusch lag in der Luft, so wie ein Donnergrollen rückwärts. Mit einem lauten Zischen zog sich der Blitz nach einigen Sekunden in die Wolke zurück. Ich hatte die Kraftprobe mit meinem Vater gesucht und gewonnen. Aber es hatte mich viel Kraft gekostet, mich dem Donnerwort Gottes zu widersetzen.

Die Leute im Park schüttelten ungläubig den Kopf, schauten wieder und wieder nach oben, zücken ihre Handys. Die Wolken ballten sich plötzlich zusammen, es wurde nachtschwarz, ein tiefes Brummen ertönt, das mit jeder Sekunde lauter wurde. Mit einem kratzenden Geräusch riss der Himmel auf. Dann war es still.

Durch einen kleinen Wolkenspalt schien ein Sonnenstrahl auf die Erde, wie ein Suchscheinwerfer. Er erfasste mich auf der Parkbank und tauchte sie in goldgelbes Licht. Ich war mir sicher, dass mein Vater mich holen wollte, und gab seinem Wunsch nach. Ich wollte weg, weg von hier. Weg von all den unerledigten Aufgaben, weg von den Menschen, die doch nur sich selbst im Sinn hatten.

Irgendwie, ich kann mich kaum erinnern, wie,

verabschiedete ich mich von Jakob, der mit weit geöffnetem Mund dastand.

Meine irdische Gestalt begann, sich langsam aufzulösen, wurde immer durchscheinender, und dann war ich einfach nicht mehr dort."

„Wo waren Sie dann?" Ich beuge mich vor, meine Neugierde ist erwacht. „Den Himmel, den gibt es doch nicht wirklich, oder?!"

„Ach, sehe ich da Zweifel in Ihrer forschen Frage?"

„Nein! Ja, natürlich. Ich kenne den Himmel eben nur als den biblischen Ort, hoch über den Wolken, wo Gott wohnt und gnädig auf die Erde hinabblickt. Das Bild aus alten Kindertagen eben. Also, was ist daran?"

„Glauben Sie im Ernst, er sitzt da oben und schaut auf uns herunter?"

„Nein, natürlich nicht. Dann hätten wir ihn schon längst gesehen. In der Zwischenzeit haben wir ja Flugzeuge und Raketen."

„Eben. Also, soll ich weitererzählen?"

Ich nicke stumm. Heimlich wünsche ich mir einen neuen Eisbecher. Und eine Zigarette.

„Nun, nach zweitausend Jahren auf der Erde war ich plötzlich wieder dort, woher ich gekommen war. Und das, was ich gewesen war. Ein göttliches Wesen."

Tausend Fragen, aber ich halte den Mund.

„Sie können sich das in etwa so vorstellen, als den Ort, wo

ihr Bewusstsein ist, wenn Sie schlafen. Sie sind, mit menschlichen Maßstäben gemessen, weg. Aber doch trotzdem da, nur anders. Und sie empfinden anders. Unvorstellbar anders. Und können unvorstellbare Dinge tun."

Ich beiße mir auf die Lippen, will ihn nicht unterbrechen.

„Es war ein sehr spontaner Abschied von dem Leben hier, obwohl ich mir schon oft genug vorgestellt hatte, einfach alles aufzugeben. Aber andererseits war es einfach auch wunderschönes Erlebnis, alles, was wir geschaffen haben, auch mit den Sinnen zu spüren, die wir extra dafür geschaffen haben. Es wurde nie langweilig zu riechen, zu schmecken, zu sehen oder zu hören. Und erst gar nicht das Fühlen, obwohl das innere Fühlen doch häufig mit Schmerz verbunden war. Aber auch den Schmerz haben wir euch geschenkt, als Chance, die Abzweigungen in eurem Leben zu erkennen und einen alten Pfad zu verlassen. Verstehen Sie, was ich meine?"

„Ja", platzt es aus mir heraus, „und ihr Vater, hat er sich gefreut, Sie wieder zu sehen?" Ich konnte damit nicht mehr länger zurückhalten. Zweitausend Jahre, meine Güte!

Mein Gegenüber schaut mich verwundert an. „Gefreut? Ich glaube nicht. Aber er hat sofort reagiert und meine Schwester hierhergeschickt, um meine Arbeit fortzuführen. Ich glaube nicht, dass er damit gerechnet hat, dass sie später hierbleiben will."

Während Jesus in sich hineinlächelt überschlagen sich meine Gedanken. Ein Berg von Fragen türmt sich in mir auf und wird nur von den Lippen gestoppt, die ich zupresse. Ich weiß gar nicht, was ich zuerst fragen soll. Er hat sich nicht gefreut? Kann Gott sich überhaupt freuen? Wie war

das für Jesus? Und dann wird sofort Ersatz für ihn
bestimmt, ohne ihn zu fragen? Und… Gott hatte nicht
damit gerechnet, dass Elea hierbleiben will? Kann Gott
überrascht werden?

Jesus Miene wird ernst. Ich reiße mich aus meinen
Gedanken.

*„Sie hatten gefragt, warum ich gerade an diesem Tag mein
Leben hier aufgegeben hatte. Nun, es gab keinen
besonderen Grund, es war einfach an der Zeit, diesen
Schritt zu gehen. Und ich habe ihn nicht bereut.*

*Wie sie gesehen haben, hat meine Schwester ihre Aufgabe
mit Elan und Durchsetzungsvermögen verfolgt, ganz
anders, als ich die Sache angegangen hatte. Neue Besen
kehren halt immer besser, wie eines Ihrer Sprichwörter
sagt. Aber auch Elea ist an einem Punkt angekommen, wo
sie sich entscheiden musste. Nur eben etwas schneller als
ich.“*

„Wenn ich aber anmerken darf, sind Sie beide nicht sehr
erfolgreich gewesen, oder? Ich meine, ich kann nicht
gerade behaupten, dass jetzt viel mehr Menschen als vor
einem Jahr in die Kirche gehen und beten.“

*„Oh, das ist interessant. Sie sehen in einem gläubigen
Menschen also jemanden, der in die Kirche geht?“*

„Natürlich! Oder?“ Mann, der verunsichert mich.

*„Sie sind nicht ganz sicher? Denken Sie nach. Ich bestelle
mir in der Zeit noch ein Walnuss-Eis.“*

Er muss wohl bemerkt haben, wie erschreckt ich plötzlich
schaue. Beschwichtigend hebt er die Hände hoch und sagt:
„Das war nur ein Scherz.“

Und dann setzt er gleich nach: *„Ich hatte diese Woche noch gar keinen Schoko-Becher.“* Jesus schnippt mit dem Finger, Jakob nickt und verschwindet drinnen hinter der Theke.

„Sind Sie fertig?“ fragt mein Gegenüber.

„Und wie! So viele Eisbecher wie Sie kann ich nun wirklich nicht verkraften. Vielleicht später noch einen Kaffee.“

„Ich meinte mit Ihren Überlegungen.“

„Ja. Nein! Also, das kommt darauf an. Ich weiß schon, was Sie damit sagen wollten. Nicht jeder, der in die Kirche geht, ist gläubig. Und nicht jeder Gläubige geht in die Kirche. Aber an irgendetwas muss man doch einen Menschen erkennen, der an Gott glaubt.“

„Warum?“

„Bitte?“

„Warum muss man das sehen? Was wäre Ihnen lieber, eine Million gottesfürchtige Menschen, die mit dem Fisch auf der Fahne in den Krieg ziehen oder sechs Milliarden, die still und leise voller Freude und Dankbarkeit sind?“

„Freude und Dankbarkeit? Davon war in Ihren Predigten aber nicht die Rede.“

„Waren Sie dabei?“

„Nun, es ist schon länger her. Es war letztes Jahr noch, da war ich in der Kirche. Als Lisa und Sebastian geheiratet haben. Das war die Rede von Treue, Gottesfurcht, Lobpreisungen und so.“

„Das habe ich gesagt?"

„Nein, nicht Sie! Der Pastor."

„Sehen Sie den Unterschied?"

„Nicht so recht. Schließlich predigt er im Auftrag der Kirche. Er soll uns das Wort Gottes verkünden. Oder?"

Worauf will er hinaus? Und überhaupt, wieso treibt er mich so in die Enge?

Spione des Vatikans

Gerade, als Jesus zu einer Antwort ansetzt, fällt ihm in der Ferne ein schwarzer Kastenwagen auf. Er greift nach meiner Hand. „Erschrecken Sie jetzt nicht!", sagt er kurz. Und plötzlich sitzt mir der alte Mann von gestern gegenüber, der mit dem Fünf-Euro-Schein. Und hält meine Hand.

„Ich bin es immer noch, keine Sorge! Das ist nur eine kleine Verkleidung. Der schwarze Wagen dort, die suchen mich. Ich möchte aber lieber ungestört weiter mit Ihnen reden. Ist gleich vorbei, der Spuk."

Meine Nackenhaare stellen sich hoch, als der schwarze Wagen langsam an uns vorbeifährt. Drinnen sitzen zwei junge Männer mit Sonnenbrille und schwarzem Anzug. Wenn das hier ein Film wäre, das typische Klischee für die Mafia.

„Agenten des Vatikans. Nachdem ich ihnen wieder ausgebüchst bin, suchen sie mich überall. Der Papst will seine Stellung in der Kirche festigen, indem er sich mit mir zeigt."

Während ich ungläubig den Kopf schüttele, ist der Wagen bereits um die nächste Ecke gebogen. Mir gegenüber sitzt wieder Jesus. Oder der, oder das, den ich für Jesus halte?"

„Sind Sie ein Gestaltwandler oder so was? Ach, ich will das gar nicht wissen! Sie können meine Hand auch wieder loslassen!" Ich bin sauer. „Und überhaupt, hätten Sie die beiden nicht einfach explodieren … nein, okay, das geht nicht, vorläufig blind machen können, oder so?" Ich bin echt wütend. Auf Gottes Sohn, oh je!

Er zieht langsam seine Hand weg. *„Hätte ich. Ich hätte uns auch wegteleportieren können, den Reifen platzen lassen, die Scheiben schwärzen, den beiden falsche Erinnerungen einsetzen können oder eine plötzliche Sonnenfinsternis erschaffen. Oder ... "*

Er schaut mich ernst an.

„Wollen Sie mich an dem messen, was ich nicht getan habe? "

„Nein, schon gut. Ich war nur so überrascht. Ich treffe halt nicht jeden Tag Gottes Sohn und werde von der Mafia verfolgt."

„Und ich nicht jeden Tag eine Frau, der ich all meine Geheimnisse anvertrauen möchte. "

„Flirten Sie mit mir?" Ich kann es fühlen, ich glühe rot auf.

„Nein, ich bin nur ehrlich. Was ich zu erzählen habe, ist wichtig. Und Sie sind die Frau, die ich ausgesucht habe, es aufzuschreiben. "

Ich suche Jakob, und als er meinen Blick erwidert, mal ich mit dem Finger ein großes ‚W' in die Luft. Und führe die Hand zum Mund, als wenn ich einen Kaffee trinke. Er versteht und nickt. Kurz darauf kommt er mit einem Whisky, einem Kaffee und einem Schoko-Eisbecher an unseren Tisch. Ich nicke dankend und kippe den Whisky in einem Schluck hinunter.

Jesus greift glücklich lächelnd nach seinem Eisbecher. „Jeder hat so seine Drogen im Leben", sagt er. Meint er mich? Ich greife wie automatisch in meine Handtasche und hole eine Zigarette heraus.

„Das ist ihre letzte!", sagt er überraschend. Ich stecke sie schnell wieder ein. War auch nur ein Reflex. Ich greife nach dem Kaffee und schaue mir mein Gegenüber prüfend an, während ich langsam trinke. Wo soll das hinführen? Wo soll ich das Gespräch aufnehmen. Ich habe in der kurzen Zeit drei Fäden verloren.

„Wo machen wir weiter?", fragt er kauend.

„Die Kirche! Fürchten Sie die Kirche? Ich meine, wegen der Sache mit dem schwarzen Auto eben."

„Nein, das ist eher umgekehrt. Sie wissen ja, dass anfangs die Kirche sozusagen mein verlängerter Arm war. Viele Menschen hielten Messen in meinem Namen ab, verbreiteten so das, was ich allein nicht weitergeben konnte. Aber irgendwann trennten sich unsere Wege. Und da waren auch Drogen im Spiel, schlimmer als Alkohol oder Schokolade. Es waren Macht und Geld. Irgendwann, wenn man als Mensch eigentlich genug davon hat, will man noch mehr. Und noch mehr. Und man verliert das aus dem Auge, was ich eben erwähnt habe, die Freude und die Dankbarkeit. "

„Sie sagen, die Kirche fürchtet Sie. Sollte es aber nicht so sein, dass sie hinter Ihnen steht, dass sie alles für Sie tut, sie verehrt."

„So sollte es sein. "

„Ist es die Institution Kirche, die der Verbreitung des Glaubens im Wege steht, oder sind es Einzelpersonen, wie zum Beispiel der Papst?"

„Das ist eine gute Frage. In der Geschichte betrachtet waren es sicherlich die Einzelpersonen, die gierig nach

Macht und Geld waren, die dafür verantwortlich sind. Die überwiegende Mehrzahl der Gläubigen weiß ja gar nicht, was in der Kirche vor sich geht. Sie sind, wie es der Name sagt, gläubig."

„Sie folgen also wie willenlose Schafe ihrem Hirten? Warum?"

„Sagen Sie es mir!"

„Aber es kann doch nicht sein, dass so viele Menschen nicht sehen, was da vor sich geht. Gerade in der letzten Zeit."

„Wieso gibt es Menschen, die nicht an Gott glauben? Weil sie es nicht wollen. Das ist ihr gutes Recht. Und so gibt es eben auch viele, die nicht glauben wollen, dass die Kirche schon lange nicht mehr das Wort Gottes predigt."

„Und deswegen fehlen Informationen. ‚Antenna Dei' sendet ja seit dem Jahresanfang wieder. Kann ihrer Schwester Elea nicht das Programm ausweiten? Vielleicht einfach in alle staatlichen und privaten Sender und Streams hinein. Und so die Menschen zum Umdenken zwingen?"

„Zwingen?"

„Ja. Es ist ja zu ihrem Besten."

Des Menschen freier Wille

„Nach Ihrer Ansicht. Wir haben uns für die Menschheit extra den freien Willen ausgedacht. Also, genauer gesagt, es war Eleas Idee. Das ist das höchste Gut, dass Sie haben. Sie müssen nur verantwortungsvoll damit umgehen.

Sehen Sie mal, sie sind mit dem Zug hergekommen. Das war eine beschwerliche Reise, und das, obwohl Sie dieses Interview gar nicht wollten. Dann wurden Sie ins Hotel gesperrt und gezwungen, an einem vorbereiten Tisch zu essen. Sie mussten früh aufstehen, um mich hier zu treffen, dazu gab es Kaffee, statt Tee und nur Zitroneneis."

Was will er jetzt von mir? „Das stimmt doch alles gar nicht! Ich habe mich auf das Gespräch gefreut, und ich bin geflogen, weil ich lieber … Moment, jetzt verstehe ich. Danke! Der freie Wille. Wir sind uns dessen wohl gar nicht immer so bewusst."

Jesus nickt. *„Deshalb hatte Elea auch anfangs Schwierigkeiten, ihre ehrgeizigen Ziele umzusetzen. Niemals hat sie euch zu irgendetwas gezwungen. Euer freier Wille war ihr heilig."*

Wir müssen beide gleichzeitig lachen. Ich glaube, er muss auch gerade an das Video mit dem an der Decke schwebenden Papst denken.

„Fast immer!", setzt Jesus nach.

„Wie geht es ihm, dem Papst? Sie haben doch auch gerade an ihn gedacht, oder?"

„Ja, der Papst. Am Anfang seiner Karriere hat er sich wirklich als ‚Vertreter Gottes', oder zumindest als

Vertreter der Kirche gesehen. Dann haben ihn, wie seine Vorgänger, Machtgier und Größenwahn eingeholt. Er hatte immer die Wahl, alles zu ändern, aber es hätte sehr viel Kraft erfordert. Viele vor ihm sind schon an den eingefahrenen Wegen der Institution Kirche gescheitert.“

„Soll das eine Entschuldigung für sein Verhalten sein? Immerhin hat er versucht, Ihre Schwester zu töten.“

„Nein, nur eine Erklärung. Ent-schuldigen kann nur er sich ganz alleine.

Aber sehen Sie, zum Beispiel die Priesterehe, über die wir gestern gesprochen haben. Papst Constantin II. hatte 1846 das lange Heucheln beendet und entgegen der Tradition der Kirche zugelassen, dass Pastoren eine Ehe eingehen durften. Ein wahrer Heiratsboom setzte damals ein und es gab einen kräftigen Ruck im Kirchengefüge. Das war ein mutiger Schritt in die richtige Richtung.

Nach seinem Tod, man munkelt bis heute, dass er vergiftet wurde, ging sein Nachfolger wieder einen Schritt zurück. Er nannte das damalige Edikt ein Werk des Teufels und nicht mit den Werten der Kirche vereinbar. Es könne nicht Gottes Wille sein, dass Priester zweien Herren dienen würden. Er erklärte alle Priesterehen rückwirkend für ungültig und zwang die Pastoren, sich entweder von Ihrer Familie zu trennen oder aus der Kirche auszutreten.

Dieses Edikt kostete die Kirche innerhalb eines Monats ein Drittel ihrer Priester.“

„Nun, das war dann einer der wenigen Päpste, die mit der Zeit gehen wollten. Aber es waren nicht viele. Und unser jetziger Papst, wie sieht es mit dem aus?“

112

Der Papst bereite sein Comeback vor

Für einen kurzen Moment wird mir schwarz vor Augen, dann sehe ich wieder klar. Ich befinde mich mit Jesus in einer kleinen Sakristei, in der ein älterer Mann gerade das Altarsilber putzt. Ich flüstere zu Jesus: „Was soll das? Wo sind wir?“

„Wir sind in einer kleinen Gemeinde in Westfalen. Das Örtchen heißt Gimbte und wir beobachten gerade den Kirchendiener bei seiner täglichen Arbeit. “

„Kann er uns sehen oder hören?“

„Nein, es sei denn, sie wollen es so? “

„Nein, bloß nicht! Wieso sind wir hier? Ist das nicht … Pontifex, der Papst?“

„Ja, das ist er. Er hat sich nach den vielen Erlebnissen und Krisen erst einmal zurückgezogen. Vielleicht will er zum wahren Glauben finden? “

„Der, der ihre Schwester töten wollte? Der, der fast einen Krieg angezettelt hat? Das kann ich nicht glauben. Was ist geschehen?“

Während der Mann weiter mit einem Lappen die sakralen Gegenstände poliert, ohne von uns Notiz zu nehmen, schiebt Jesus zwei Stühle an den Tisch.

„Sind Sie bereit? Dann hören Sie einmal gut zu. “

Endlich, meine Story geht los. Ich hole mein Notizbuch heraus.

Die Wahrheit über das Wirken des Papstes

„Ich fange am besten am 1. Januar an. Wir hatten in dem kleinen Haus in der Bretagne meinen Geburtstag gefeiert. Anna, Pélé, Elea und Peter, Jakob und Marlene, Luzia und Yves, und ich.

Ich hatte entgegen meiner früheren Gewohnheit eine Woche zuvor einen spektakuläreren Auftritt gewählt. Schließlich ging es ja darum, meine Kinder zu sehen. Ich kam am 24. Dezember abends auf einem Strahl aus Licht über das Wasser.“

„Ich erinnere mich an die Bilder, die in den sozialen Netzwerken auftauchten. Wirklich sehr imposant.“

„Danke! Mir war klar, dass meine Wiederkehr für Aufregung sorgen würde, aber ich hatte nicht so bald damit gerechnet. Ich hatte gehofft, noch ein paar Tage in Ruhe mit meiner Familie verbringen zu können.

Als ich am nächsten Morgen nach unserer kleinen Feier wach wurde, liefen draußen vor der Tür schon die ersten Neugierigen herum. Der Papst hatte die Situation gleich ausgenutzt und ein paar Tage später in einer Fernsehansprache der ganzen Welt mitteilen lassen, er sei es gewesen, der mich gefunden habe.“

„Ich habe die Sendung gesehen. Sie kam kurz nach der letzten Sendung von ‚Antenna Dei‘ zum Jahresende. Die beiden haben sich da wirklich einen guten Schlagabtausch geliefert.

Was geschah dann? Ich erinnere mich, dass es ein paar Tage sehr ruhig war um das Kirchenoberhaupt, dann gingen die Bilder mit den Zwillingen um die Welt. Erstaunlich, dass Sie dem zugestimmt haben.“

„Habe ich nicht. Und das waren auch nicht Tom und Annika. Eine der großen falschen Nachrichten, die Sie aufdecken sollen.

Tatsächlich hatte sich der Papst zu unserem Haus begeben. Still und heimlich, ohne Aufsehen zu verursachen. Das neue Jahr war angebrochen, die meisten Menschen interessierten sind nicht mehr lange für die Neuigkeiten von gestern.“

„Wie bitte? Schließlich hieß es, Sie seien nach 2000 Jahren wieder aufgetaucht. Ich habe täglich alles Newsfeeds durchsucht nach irgendwelchen Neuigkeiten.“

„Das freut mich. Aber da war auch die Geschichte mit dem Vulkanausbruch.“

„Den Ihre Schwester inszeniert hat.“

„Ja, das war vielleicht nicht ganz so glücklich, aber es hatte Erfolg. Die Menschen sind aufmerksam geworden. Katastrophen sind offenbar wichtiger als gute Nachrichten.“

„Zum Beispiel Ihre Rückkehr?“

„Ja, genau.“

„Wie ging die Geschichte mit dem Papst denn weiter?“ Während ich den Stift zücke verschwimmt plötzlich die Umgebung und ich sitze wieder an dem Tisch auf dem bretonischen Marktplatz.

„Der Anblick ist mir lieber.“ Jesus lächelt. „Nun, Sie haben ihn eben gesehen, unseren Pontifex. Er versteckt sich zur Zeit und tarnt sich als unterwürfiger Kirchendiener. Wegen seiner vielen Alleingänge kam es zu einer kleinen Palastrevolte, deren Ausgang noch ungewiss ist. Wirklich mutig war er ja nie.

Kurz nach seinem Interview, in dem er behauptete, er habe mich gefunden, tauchte er eines Morgens bei uns zuhause auf. Sie werden es nicht glauben, er hatte tatsächlich eine Tüte mit Croissants dabei, um sich bei uns einzuschmeicheln.

Frankreich ist ein gastfreundliches Land, also baten wir ihn herein. Nachdem er die Tüte abgestellt hatte schaute er sich neugierig um. Anna kam mit den Kleinen auf dem Arm herein und die fingen sofort an zu weinen. Es dauerte, bis wir sie beruhigt hatten.

Der Papst war fassungslos, als er realisierte, dass ich der Vater bin. Das passte gar nicht zu dem Bild, dass er sich selbst gemacht hatte. Ich denke, er sah mich immer noch mit Jesuslatschen an den Füßen durch die Wüste wandernd.

Er hatte noch kein Wort gesagt, da kam Elea herein. Es war der Tag nach meinem Geburtstag. Beide starrten sich an, dann fragte Elea betont freundlich: „Was willst du hier?“

Pontifex antwortete sehr bestimmt: „Wir haben genug Streitigkeiten gehabt. Ich will die beenden. Ich möchte, dass Jesus in den Schoß der Kirche zurückkehrt und dass dies von allen Gläubigen gefeiert wird. Ich will an seiner Seite in Jerusalem einziehen und alle Christen sollen das sehen. Jesus ist zurück!“

Ich kenne meine Schwester ja nun wirklich, nicht nur bildlich gesprochen, eine Ewigkeit. Aber diesen

Gesichtsausdruck konnte ich wirklich nicht deuten. Ich glaube, sie wusste in dem Moment selbst nicht, ob und wie sie reagieren sollte.

Jedenfalls gab es einen kurzen Disput, dann warf Elea ihn aus dem Haus. Und das ist auch nicht bildlich gesprochen."

Jesus grinst und ich muss lachen. Ich stelle mir gerade vor, wie der höchste kirchliche Würdenträger durch die Luft segelt. Sicherlich wenig würdevoll.

„Er landete aber weich, das muss ich betonen. Direkt in seinem Bett im Vatikan. Niemand hat dies mitbekommen."

„Das war dann wohl die Ursache der weiteren Ereignisse. Aber ich muss sagen, an Ihrer Seite in Jerusalem einzureiten, an Größenwahn fehlt es dem Papst bestimmt nicht."

„Das stimmt. Sein Plan, sich bei uns einzuschmeicheln, hatte nicht funktioniert. Also beschloss er, die Öffentlichkeit weiter zu täuschen. Er ließ sich mit zwei Neugeborenen fotografieren und behauptete, dies wären unsere Kinder. Wie ein Diktator, der einem Kind medienträchtig den Kopf streichelt.

Aber Sie begehen da einen Denkfehler. Der Rauswurf war nun wirklich nicht die Ursache der ganzen Probleme, sondern die Entscheidungen, die der Papst traf. Er hatte immer die Wahl, auf uns zuzugehen und Frieden zu schließen."

„Und die Attentate auf die Kreuzritter, das waren sicherlich nicht Sie und Elea, wie von Seiten der Kirche behauptet wird?"

„Natürlich nicht. Es waren Schergen des Papstes, der so hoffte, die Kreuzritter gegen uns aufzubringen und mit Ihnen gemeinsame Sache machen zu können."

„Gott sei Dank hat es nicht funktioniert."

„Nun, Elea und ich hatten auch unseren Anteil daran. ER hält sich da eher raus."

„Ach so, Sie meinen IHN? Nein, nein, ‚Gott sei Dank', das ist nur so eine Floskel. Erzählen Sie weiter!"

„Floskel? Ein lustiges Wort. Wie Flosse und Korpuskel. Egal! Wo waren wir stehengeblieben? Ach ja, die Zwillinge und der Papst."

„Nein, bei den Attentaten auf die Kreuzritter."

„Da auch. Meine Güte, haben Sie nicht auch schon wieder Appetit auf ein Eis?"

Er dreht sich suchend um und schnippt nach dem Kellner. Dann schaut er mich an und zieht fragend die Augenbrauen hoch.

„Nein, bloß nicht! Kein Eis! Lieber die Geschichte!" Ich bin genervt.

Der Kellner stellt sich abwartend an unseren Tisch, lächelt freundlich. Jesus lächelt zurück. Nach unendlich wirkenden Sekunden des gegenseitigen Anlächelns sagt Jesus dann: *„Ach nein, hat sich erledigt. Ich warte noch ein bisschen. Danke!"*

Jakob grinst in sich hinein und geht langsam an den nächsten Tisch.

118

„So, jetzt habe ich Ihre volle Aufmerksamkeit. Wir waren bei den Zwillingsbildern. Das ist wichtig, bevor ich zu den angeblichen Attentaten komme.

Es war am 6. Januar. Der Papst ging auf Sendung und hielt stolz das Foto mit den Zwillingen in die Kamera. Da hätte es eigentlich schon jedem auffallen müssen, dass da irgendetwas nicht stimmte. Ein einzelnes Foto! Keinen Film oder so. Nur dieses eine Bild. Trotzdem ging es kurz darauf in allen Kanälen rund um die Welt.

Der Papst erzählte eine Geschichte darüber, dass er nun zusammen mit mir den Glauben wieder festigen wolle, dass meine Wanderschaft vorbei sei und er mich überredet habe, sesshaft zu werden. Schließlich sei ich ja jetzt Vater geworden.

Dieses Lügenkonstrukt hielt nicht all zu lange. Nur wenige Stunden später stellten die Kreuzritter klar, dass die Kinder auf dem Foto nicht meine Jesuskinder seien. Sie verbreiteten im Internet ein Interview mit der Mutter der Zwillinge, die bestätigte, dass Sie für das Foto eintausend Euro bekommen habe.“

„Ja, soweit ist mir dies alles bekannt. Es folgte ein medialer Schlagabtausch zwischen Kirche und Kreuzrittern. Nach zwei oder drei Tagen trat aber wieder Ruhe ein. Es gab wichtigere Themen in der Welt.“

Warum gibt es Kriege?

„Ja, zum Beispiel den Fall der Chinesischen Mauer. Ein Erdbeben ließ große Teile des alten Bauwerks einfach einstürzen. Aber ein weitaus größeres Beben muss wohl im Vatikan stattgefunden haben. Der Papst soll tagelang in Rage gewesen sein, weil sein Bluff nicht funktioniert hatte. Und seine Kirchendiener waren ‚not amused‘ über die Taktiken ihres Chefs.“

„Gut. Nur eben als Zwischenfrage: Der Ausbruch des Vesuvs, ja, aber mit dem Fall der Chinesischen Mauer hatte ihre Schwester nichts zu tun?“

„Nein!“

„Und Sie auch nicht?“

„Selbstverständlich nicht! Ich habe immer auf Information und sanfte Überzeugung gesetzt.“

„Sonst wären Sie auch nicht durch Elea ersetzt worden, oder?!“ Ich beiße mir auf die Lippe, aber es ist zu spät. Aus dem blöden Gedanken ist ein gesprochener Satz geworden. Wird er jetzt aufstehen und gehen? Was soll ich tun?

Jesus rettet mich. Er grinst nur leicht und fährt fort: „Jeder hat seine Methoden, um ans Ziel zu kommen. Mein Ziel und meine Aufgabe war und ist es, Gottes Wort zu verkünden. Übersetzt heißt das, den Menschen die Chance zu geben, sich bewusst zu machen, was das Leben überhaupt bedeutet.“

„Elea hat ein anderes Ziel?“

„Nein, nur einen anderen Weg.“

120

„Was bedeutet das Leben denn?“

„Wie meinen Sie das?“

„Wenn es Ihre Aufgabe ist, den Menschen bewusst zu machen, was Leben bedeutet, dann sollten Sie es mir doch auch erklären können.“

Plötzlich schaltet sich mein Diktiergerät ein. Ich höre Jesus Stimme sagen: *„Übersetzt heißt das, den Menschen **die Chance zu geben**, sich bewusst zu machen, was das Leben überhaupt bedeutet.“*

Er schaut mich an. *„Erkennen Sie den Unterschied? Ich gebe Ihnen die Chance, es zu erkennen, aber ich stoße Sie nicht mit der Nase darauf. Kann ja sein, dass Sie es gar nicht wollen.“*

„Das ist spitzfindig!“

„Das ist mein Weg. Das ist das Zugeständnis an den freien Willen, den wir euch geschenkt haben. Wir hätten es auch anders machen können.“

„Jetzt wird es mir zu philosophisch. Ich habe einen Zettel voller Fragen, auch von unserer Leserschaft. Die würde ich jetzt gerne stellen.“

„Nur zu!“ Er schnippt mit dem Finger den Kellner herbei. *„Zwei Espresso bitte!“*

Ich nicke, tatsächlich habe ich gerade Kaffeedurst. Dann schlage ich den Block auf. „Ist das Diktiergerät wieder eingeschaltet?“

Er grinst. Das heißt wohl ‚ja'. Die kleine rote Lampe leuchtet jedenfalls.

„Fein, dann fange ich mal mit der ersten Frage an: Sind Sie lebensmüde? Also genauer gesagt, des Lebens müde, nach mehr als 2000 Jahren?"

„Darüber habe ich noch nicht nachgedacht. Aber warum sollte ich? Es ist wunderschön hier und ich habe noch vor, diese Welt eine ganz lange Zeit zu erleben."

„Da wir gerade bei dem Thema sind, warum müssen wir sterben, wir Menschen?"

„Ach, die Ewigkeit wäre euch viel zu langweilig. Dafür seid ihr gar nicht gedacht. Und die Begrenzung, die Endlichkeit unseres Geschenks an euch, gibt eurem Leben ja auch erst die Wichtigkeit."

„Gibt es Wesen, die nicht endlich sind? Haben Sie auch andere geschaffen?"

„Natürlich. Es gibt auch Wesen, die nicht den Tod vor Augen haben. Aber die sind anders beschaffen. Sie schätzen das Leben. Ihr eigenes und das der anderen."

„Spielen Sie damit auf die vielen Kriege an, die die Menschen geführt haben und immer noch führen?"

„Was meinen Sie?"

„Ich meine, ist es unsere Strafe, dass wir irgendwann sterben müssen, weil wir das Leben nicht genug schätzen?"

„Nein. Strafe? Nein, ihr wart von Anfang an so gedacht."

122

„Warum gibt es dann Kriege? Könnte Gott sie nicht verhindern? Oder Sie? Oder Elea?"

„Ja, das könnten wir, aber warum?"

„Damit hier überall Frieden herrscht und alle glücklich sind."

„Den Wunsch kann ich gut verstehen. Aber warum fangt ihr dann Kriege an, wenn ihr sie gar nicht wollt?"

„Ich habe keinen Krieg angefangen!"

„Hier ist auch kein Krieg."

„Sie wissen genau, was ich meine. Es sind immer ganz wenige, die ihren Hass auf andere von ihren Soldaten austragen lassen. Und diese Soldaten haben meist gar keine Ahnung, warum sie überhaupt für irgendeine Sache kämpfen sollen."

„Haben sie keinen freien Willen?"

„Doch! Aber wenn sie sich weigern, ist die Alternative entweder das Gefängnis oder der Tod."

„Und das wäre noch schlimmer als Krieg?"

„Nein, natürlich nicht. Oder doch! Immerhin droht der Tod."

„Also haben sie schon eine Wahl. Ich habe ja nicht gesagt, dass die Alternative unbedingt erstrebenswert ist. Aber je mehr sich gegen den Krieg entscheiden, um so unwahrscheinlicher wird er."

„Aber wir sehen es doch gerade im Osten. Da ist wieder ein neuer Diktator. Geleckt und gestriegelt redet er im Fernsehen von einer Bedrohung, die überhaupt nicht existiert. Nur in seiner eigenen Angst. Oder Wahnsinn, wer weiß. Und wenn er es schafft, die Massen auf seine Seite zu ziehen, beginnt ein neuer Krieg.“

„Jeder hat die Wahl, ihm zu folgen oder nicht. Jeder hat genug Möglichkeiten, sich zu informieren. Oder einfach einmal nur auf sein Gefühl zu hören, ob das Gerede überhaupt wahr sein kann.“

„Angenommen, ich verweigere meinem Diktator die Gefolgschaft und werde getötet. Komme ich dann wieder?“

Gibt es ein Leben nach dem Tod?

„Sie sind einmalig!“

„War das jetzt ein Kompliment oder eine Antwort?“

Der Kellner stellt den Kaffee hin.

„Beides. Aber tatsächlich gibt es Sie nur einmal. Wenn sie nicht mehr da sind, sind Sie weg!“

„Nichts mit Widergeburt oder so?“

„Nein!“

„Deprimierend. Ich hatte auf eine andere Antwort gehofft.“

„Ich kann Ihnen auch eine andere Antwort geben.“

„Aber die wäre gelogen?“

„Ja.“

„Würden Sie mich anlügen?“

Er beugt sich nach vorne und schaut mich intensiv an. „Können diese Augen lügen?“

„Nein!“, antworte ich bestimmt. „Aber die Lippen darunter vielleicht.“

Jesus muss laut lachen. „Gut gekontert. Natürlich würde ich Sie nie belügen. Aber das stimmt nur, wenn ich immer die Wahrheit sage. Sonst wäre es ja gelogen.“

„Dann wäre es wieder wahr. Ich kenne diese Wortspielereien, danke. Bleiben wir beim Thema.“

„Ja. Es ist so, wie ich es gesagt habe. Wenn Sie tot sind, sind Sie tot. Was bleibt, ist die Erinnerung der anderen an Sie.“

„Keine Widergeburt? Als Maus oder so? Wie im Buddhismus?“

„Nein.“

„Aber wieso glauben so viele Leute daran?“

„Weil sie es glauben wollen. Für sie macht das Leben erst Sinn, wenn es hinterher eine Belohnung gibt. Dabei ist das Leben selbst die Belohnung.“

„Oh, ich verstehe. Die Botschaft ist also: Es gibt ein Leben vor dem Tod. Und wir sollen das Beste daraus machen.“

„So ist es.“

Ich bin enttäuscht. Aber je länger ich darüber nachdenke, um so erleichterter bin ich. Das, was mir in der Schule als Religion eingetrichtert wurde, bekommt jetzt eine ganz neue Bedeutung. Und zwar direkt aus der Quelle. Also keine Erbsünde, keine Beichten, kein Auffahren der Seele in den Himmel. Aber, tot ist tot. Das ist auch irgendwie erschreckend. Dann geht es ja gar nicht weiter. Dann ist für mich hier irgendwann Schluss, für immer.

Jesus lacht. „Sie hätten in den letzten Sekunden Ihr Gesicht sehen sollen. Was das abging, wie ein Spiegel der Seele.“

„Ach, die gibt es also? Die Seele?“

„Selbstverständlich. Sie ist das, was Sie ausmacht. Und darin eingebettet ist Ihr Ego, Ihre Persönlichkeit, Ihre Lebenserfahrung. "

„Aber sie stirbt, wenn ich sterbe?" Ein bisschen Hoffnung auf Leben-nach-dem-Tod hege ich doch noch.

„Ja. Was geboren wird, stirbt auch. Genau wie der Mensch, das Tier, die Pflanze, Sonne, Mond und Sterne. "

„Also ist alles endlich?"

„In Ihrer Welt ja. "

„Wo nicht?"

„Da, wo es weder Anfang noch Ende gibt. Das Universum ist endlos. Ich bin es. "

„Moment!" Ich habe gut aufgepasst in der Schule. „Es gab den Urknall. Vorher war nichts. Also muss es auch enden."

„Waren Sie dabei? "

„Wobei?"

„Beim Urknall. "

„Natürlich nicht. Was glauben Sie, wie alt ich bin?"

„Das ist sicherlich keine Glaubensfrage, oder? Einunddreißig Jahre. Ich habe Ihre Akte gelesen. "

„Im Himmel? Gibt es dort eine Kartei, in der jeder drinsteht? Speichern Sie es in den Wolken? Der Cloud?"

„*Machen Sie sich nicht lächerlich. Auf Facebook. In ein paar Tagen haben Sie Geburtstag. Also, wie kommen Sie darauf, dass das Weltall endlich ist?*"

„Das habe ich doch gesagt. Erst war da nichts, dann ‚bumm' und dann breitete sich alles aus, die Sterne, die Planten und so."

„*Aber Sie haben es nicht erlebt.*"

„Natürlich nicht."

„*Können Sie auch nicht, es war ja auch nicht so.*"

„Wie denn dann? Alle Wissenschaftler sind sich einig, dass es so gewesen sein muss."

Das Diktiergerät leuchtet auf und wiederholt meine letzten Worte: „Gewesen sein muss …gewesen sein muss … muss … muss … mussssss …"

„*Erkennen Sie die Feinheiten? Sie haben es sich so konstruiert, dass es für Sie einen Sinn gibt. Damit es zusammenpasst mit dem, was Sie sich bisher schon konstruiert haben. Genauso wie Sie früher sicher waren, dass die Erde eine Scheibe sein muss. Alle waren sich da einig. Eine Zeit lang.*"

„Das kann man doch nicht vergleichen. Früher hatte man doch noch gar nicht die Methoden, die wir heute haben."

„*Sie denken in endlichen Bahnen, weil das ihr Leben ist. Endlich. Das Große können Sie gar nicht erfassen. Sollen Sie auch gar nicht. Und da sind wir wieder am Anfang: Sie sollen das Leben genießen. Nicht darüber nachdenken.*"

128

„Ja, das ist wohl wahr. Eigentlich wollte ich Sie noch etwas zu Leibnitz Gottesbeweis fragen, aber erstens brummt mir ein wenig der Schädel. Und zweitens, na ja, wenn es Sie gibt, dann muss es ja auch Gott geben.“

„Muss … muss … musssss…“ klingt es aus dem Diktiergerät.

Ich nicke. „Wieder zu eindimensional gedacht, oder?“

Jesus lächelt zurück. „Von meiner Existenz auf die Existenz Gottes zu schließen, das ist nachvollziehbar. Aber nicht zwingend. Ich könnte ein Waisenkind sein.“

„Das wird mir jetzt doch zu viel. Wie wäre es mit einer Pause? Einem Spaziergang?“

„Gerne. Bewegung im Körper sorgt auch für Bewegung im Geist.“

Fakten oder Meinung?

Jesus steht auf und geht langsam in Richtung Hafen. Ich schnappe das Diktiergerät und folge ihm.

Am Zeitschriftenladen um die Ecke leuchtet uns die „Le Monde" mit einer Schlagzeile entgegen: ‚**Flüchtlingswelle aus China?**‘. Ich bleibe kurz stehen und überfliege den Text. Offenbar hat sich eine Welle von Menschen, die China verlassen wollen, auf den Weg zur Chinesischen Mauer gemacht. Das Bauwerk, das einst die Chinesen vor den Mongolen schützen sollte, war im Laufe der letzten Jahrzehnte mehr und mehr zu einer Gefängnismauer geworden. Der diktatorische Staat versuchte, seine Fachkräfte im Lande zu halten. Viele haben den Mauerfall im Januar als ein Zeichen gesehen, dass es zu Veränderungen kommt.

„Das war ich nicht." Jesus scheint meine Frage vorausgeahnt zu haben. *„Für Erdbeben bin ich nicht zuständig. Die gehören zur inneren Struktur des Planeten. Das hat Elea gemacht."*

Als ich ihn fragend anschaue, setzt er schnell nach: *„ Die Struktur, nicht das Erdbeben!"* Und einen Moment später: *„ Übrigens auch Ebbe und Flut. Können Sie sich vorstellen, wie schwierig das war?"*

Mit einem schmatzenden Geräusch zieht sich plötzlich das Wasser im Hafenbecken zurück. Die kleinen Fischerboote setzen auf Grund. Sekunden später füllt sich das Becken langsam wieder mit Wasser. Menschen schreien „Tsunami!", andere schütteln nur ratlos den Kopf. Dann gehen die meisten wieder ihrem Tagwerk nach, während ein paar wenige in ihre Autos hasten und davonrasen.

130

„War das nötig?“, frage ich ziemlich energisch. „Den Menschen so eine Angst zu machen?“

„Haben Sie keine?“

„Wozu, ich bin ja mit Ihnen hier, mir wird nichts geschehen. Ich bin wichtig. Käme ein Tsunami, würden Sie es mir sicher sagen.“

„Sicher?“

„Ja, sicher. Also, warum haben Sie das gemacht?“

„Was?“

„Die plötzliche Ebbe. Um mich zu beeindrucken? Um zu zeigen, dass Sie auch Ebbe und Flut machen können?“

„Sie sind eine gute Beobachterin, aber Sie ziehen zu voreilig Ihre Schlüsse. Haben Sie gehen, dass ich die Ebbe gemacht habe?“

„Nein! So was kann man ja auch gar nicht sehen.“

„Und wenn ich nicht die Ebbe, sondern die folgende Flut gemacht habe?“

„Wieso?“

„Manchmal sind Sie etwas langsam. Es hat tatsächlich ein kleines Erdbeben hier vor der Küste gegeben, das Wasser hat sich zurückgezogen. Ich habe nur alles ausgeglichen, damit es nicht zu einem Tsunami kommt. Ich wollte noch etwas länger mit Ihnen reden, ohne dass wir vor dem Wasser fliehen müssen.“

Upps! Ich bin ganz still. Wir gehen eine Weile schweigend nebeneinander her. Ich glaube, er hat Recht. Manchmal bin ich wirklich etwas zu forsch. Aber meine Vermutung war ja auch naheliegend, oder?

„Wie geht es weiter?", frage ich nach ein paar nachdenklichen Minuten. „Ich meine, mit uns, dem Interview und so."

„Ich werde zurückfahren nach Italien. Pélé, der Vater von Anna, hat dort ein kleines Weingut. Er züchtet die Weinrebe Vitis Vinifera Maria, die ich vor langer Zeit aus En Gedi mitgebracht habe. Ich werde mich ein bisschen um den Wein und ganz viel um unsere Zwillinge kümmern. Es ist ein göttliches Gefühl, Vater zu sein. So ganz anders, als ein Gott zu sein.

Wir werden uns in der nächsten Zeit noch öfters begegnen, da bin ich sicher. Zunächst wäre es schön, wenn Sie unsere Gespräche zu Papier bringen und Augen und Ohren offenhalten. Es wird sich in den nächsten Tagen noch einiges ereignen. Bleiben Sie wachsam!"

Dann löst er sich einfach vor meinen Augen auf. Einfach so. Das kann er doch nicht machen! Mich einfach hier so stehen zu lassen! Keiner der Spaziergänger scheint irgendetwas bemerkt zu haben. Irritiert schlendere ich noch am Hafen entlang, dann mache ich mich auf den Weg zurück zum Hotel.

Steckt in diesem Interview wirklich mehr?

#

Am nächsten Morgen werde ich durch das Tosen der Brandung geweckt. Die Wellen schlagen gegen die großen Felsen an der Küstenstraße, an der mein Hotel liegt. Eine

132

Weile bleibe ich noch liegen und höre der Brandung zu, dann stehe ich auf.

Ich schalte meinen Laptop ein und gehe ins Bad. Mit der Zahnbürste im Mund blättere ich nach kurzer Zeit durch die Nachrichten. Bei einem Artikel fällt mir vor Staunen tatsächlich die Zahnbürste aus dem Mund: ‚Papst Pontifex zurück im Vatikan. Große Enthüllung angedeutet.‘

Obwohl ich versucht bin, den ganzen Artikel zu lesen, will ich mir doch nicht den Morgen vermiesen lassen. Ich entscheide mir für ein Frühstück auf der anderen Seite der Insel. Dabei werde ich rein zufällig an Jakobs Eisdiele vorbeikommen. Den Gedanken, dorthin zu joggen verschiebe ich auf den nächsten Tag.

Langsam schlendere ich durch die Gassen und genieße das Licht der Sonne, das lange Schatten auf die Straßen wirft. An den Stellen, die schon ins Licht getaucht sind, ist es aber schon angenehm warm.

Nach einer knappen halben Stunde bin ich an der Eisdiele angelangt. Jakob sitzt an einem der Tische und trinkt einen Kaffee. Ich setze mich zu ihm.

„Du erlaubst doch?"

„Kann ich nein sagen?" Er lächelt mich freundlich an.

„Nein!" Ich lächele zurück. „Und einen guten Morgen wünsche ich."

„Danke, dir auch. Ob der wirklich so gut wird, werden wir noch sehen." Er schiebt mir die Zeitung hin, die zusammengefaltet auf dem Tisch liegt. *„Seite 3!"*

Ich blättere sie auf, während Jakob mit der Frage „*Frühstück?*" ohne eine Antwort abzuwarten in die Eisdiele geht. Auf Seite 3 blickt mich die Hakennase an, die ich bei meiner letzten ‚Reise' mit Jesus noch in einer kleinen Kirche gesehen hatte. Der Papst wirkt sehr energisch, hat eine Hand zur Faust geballt und streckt sie gen Himmel. Schnell falte ich die Zeitung wieder zusammen. Ich wollte mich vor dem Frühstück doch nicht ärgern!

Jakob kommt mit einem Tablett mit Croissants, Käse, Honig und einem wunderbar duftenden Kaffee. „*Frühstücke besser erst, bevor du das liest! Es könnte dir den Appetit verderben.*"

Jakob setzt sich wieder an den Tisch und bedient sich wie selbstverständlich an den Croissants. Schlechte Laune scheint er allerdings nicht zu haben, er schaut die ganze Zeit sehr zufrieden aus.

„*Habt ihr keine weiteren Verabredungen mehr?*", fragt Jakob nach ein paar Minuten unvermittelt.

„Wie? Nein! Mit Jesus? Er ist gestern einfach … verpufft. Ich weiß auch nicht, wie ich das sagen soll. Ich habe keine Ahnung, wie es jetzt weitergeht. Du?"

Mein Gegenüber schüttelt den Kopf. Ich werde zurück zum Hotel gehen und nachdenken.

Derweil anderswo …..

Eintausendfünfhundert Kilometer südöstlich, im Vatikan, steht Papst Pontifex am Fenster und schaut in die Ferne. Unten, vor dem Palast, haben sich bereits hunderte seiner Anhänger versammelt und jubeln ihm zu. Viel zu früh hat die Presse und damit die Öffentlichkeit von seiner Rückkehr erfahren. Er stampft wütend mit dem Fuß auf, während er gleichzeitig der Menge lächelnd zuwinkt. Ein eingeübtes Lächeln, wie er es seit Jahrzehnten aufsetzt.

Langsam geht er zurück an seinen Schreibtisch. Die Aufräumarbeiten im Palast sind noch nicht ganz beendet, er muss vorsichtig sein. Etwa ein Dutzend hochrangiger Kardinäle ist in den letzten unter mysteriösen Umständen gestorben. Die meisten erlagen den Folgen eines Skorpionstiches. Ein Autounfall wegen Bremsversagen und zwei Selbstmorde durch Fensterstürze waren auch dabei. Die waren kein Problem, die waren glaubhaft in Anbetracht der Probleme im Palast durch seinen spontanen Abgang.

Vor einer glorreichen Wiederkehr wollte Pontifex sicher sein, dass der Palast sauber ist, aber die internen Ermittlungen der Palastwache hatten ihn gezwungen, früher als geplant zurückzukehren. Gerade rechtzeitig, um ein paar Beförderungen auszusprechen und weiter Nachforschungen zu unterbinden. Es blieb nur noch, zu ermitteln, wie der Presse von seiner Rückkehr aus Gimbte erfahren hatte.

Nach einem kurzen Klopfen öffnet sein Sekretär die Tür. In der Hand hält er eine Tageszeitung. Er winkt damit. „Hier haben wir die Lösung des Rätsels!" Er lacht erleichtert. „Tatsächlich hat ein unbedeutender Reporter in Deutschland den Stein ins Rollen gebracht. Er wollte sie in der kleinen Pfarrei im Münsterland interviewen. Als er sie nicht dort antraf, hat er alles in Bewegung gesetzt, um Ihren Aufenthaltsort zu erfahren. Über den Chauffeur, der Sie zum Flughafen gebracht hatte, erfuhr er dann die Einzelheiten Ihrer Abreise."

Papst Pontifex lächelt erleichtert. „Dann können wir davon ausgehen, dass der Palast jetzt sauber ist?" Der Sekretär nickt untertänig.

„Prima. Dann können wir uns daranmachen, einen Schuldigen zu finden. Ist der Kölner Kardinal schon hier? Der kennt sich mit solchen Sachen einfach hervorragend aus."

„Ja, er ist da und wartet auf einen Gesprächstermin. Wir nennen ihn hier immer unseren ‚V-Mann': Verraten, Vertuschen, ..."

„Vatikan!", unterbricht ihn der Papst. „Oder?"

Der Sekretär nickt unverbindlich, in Anbetracht der letzten Säuberungsaktion will er keine Widerworte geben. „Genau!"

„Er soll nach dem Mittagsmahl zu mir kommen." Der Papst entlässt den Sekretär mit einer Geste. „Und nun lass mich allein. Ich will nachdenken."

Langsam rückwärtsgehend zieht sich der Papstdiener zurück.

#

Drei Fahrtstunden weiter südlich, in den Bergen von Torelli-Torrette, nahe dem Vesuv, sitzt Jesus auf der Veranda und spricht mit den Zwillingen.

136

Anna hört ihn immer wieder „Papa, Papa" sagen. Sie geht hinaus zu ihm.

„Jesus, das geht noch nicht! Die sind doch viel zu klein. Die können noch nicht reden."

„Ich weiß das, du weißt das. Ja! Aber die sind noch so klein, die wissen das bestimmt noch nicht. Und außerdem kann ich mit den Vögeln reden, und die sind noch viel kleiner. So!"
Wie zum Beweis kommt ein Vogel geflogen und setzt sich auf Jesus Fuß. Der kleine Spatz trällert aus voller Kehle.

„Siehst du?", fragt Jesus Anna mit schelmischem Lächeln. „Er versteht mich."

„Da ist er hier wohl der Einzige", antwortet Anna mit dem gleichen schelmischen Lächeln, dann geht sie kopfschüttelnd zurück in die Küche. Heute gibt es frische Lasagne und zum Nachtisch Walnusseis, natürlich hausgemacht.

Jesus genießt sein Spiel und die Zeit mit den kleinen Kindern, seinen Kindern. Er denkt: ‚Schöpfung ist etwas Wunderbares, aber noch himmlischer ist es, die Schöpfung erleben, spüren zu können.'

Weiter oben auf dem Hügel sieht er Pélé in den Weinbergen. Die Reben tragen vereinzelt bereits die ersten Blüten. Es wird ein spannendes Jahr werden, das erste Jahr, in dem sich Pélé als Weinbauer bewähren will. Er redet immer von „back to the roots", wenn er davon erzählt, in seinem Heimatland eine neue Existenz aufzubauen. Und schließt seine Erzählungen von seinen Plänen immer mit dem augenzwinkernden Hinweis, dass es ihm eben nicht vergönnt sei, Wasser in Wein zu verwandeln. Er müsse dafür schon hart arbeiten.

138

Immer noch in Le Croisic

Ich sitze an der Hafenmauer und schaue auf das Meer hinaus. So ruhig, so blau ist es. Endlos weit. Irgendwo da hinter, wo ich wegen der Erdkrümmung nichts mehr sehen kann, geht es weiter. Soweit meine Augen blicken, nur blaues, endloses Meer. Wie wunderschön. Darüber der hellblaue Himmel. Himmlisch. Ob das alles zufällig entstanden ist, wie viele behaupten? Oder ist das doch ein ‚Werk eines Gottes‘ dessen Sohn ich kennengelernt habe? Mir egal, es ist da. Und ich bin mittendrin. Ich kann es wahrnehmen. Ich bin ein Teil davon. Ich erschauere in Ehrfurcht.

Als ich mich mit allem, was um mich herum ist, vollgesaugt habe, mache ich mich langsam auf den Weg zum Hotel. Ich will die gestern geführten Unterhaltungen aufschreiben und die Ereignisse des Tages verarbeiten und danach noch einmal schick Essen gehen. Ein Blick auf die Uhr. Das kann doch gar nicht sein! Es ist tatsächlich schon Abend! Wo ist nur die Zeit geblieben?

#

Nach einer unruhigen Nacht mit vielen Träumen werde ich früh wach. Die Wellen brechen sich lautstark an den Felsen unten am Ufer. Ich schaue vom Balkon auf das Meer und sehe die Gischt spritzen. Ein paar wenige Autos sind auf der Uferstraße unterwegs, im Restaurant gegenüber werden gerade die Tische eingedeckt.

Ich schalte meinen Laptop an, rufe die aktuellen Nachrichten auf. Als erstes blickt mir dort die Hakennase des Papstes entgegen. Der dazu gehörende Artikel ist genauso unschön. Tatsächlich erklärt der Papst seine vorzeitige Rückkehr aus seiner Klausur und begründet diese mit einer gegen ihn gerichteten Revolte innerhalb des Palastes. Er hätte gerade noch rechtzeitig davon erfahren und sofort die Reise zu Gottes Sohn abgebrochen. Diese sei aber nur aufgeschoben, darüber habe man sich verständigt. In Kürze eine Besprechung mit Jesus stattfinden.

Im Palast, so der Papst, hätten katastrophale Zustände geherrscht. Offenbar hätten einige abtrünnige Kardinale versucht, sich auf die Seite der angeblichen Gottestochter zu schlagen und mit ihr eine neue Religionsgemeinschaft zu gründen. Als ihnen aber der Papst nach seiner Rückkehr die Botschaft Jesus überbracht hatte, wären einige Abweichler so beschämt gewesen, dass sie den Freitod gesucht hätten. Andere wären von Skorpionen getötet worden, die die angebliche Tochter Gottes in den heiligen Räumen des Palastes versteckt gehabt hätte.

Der Papst versprach eine umgehende Aufklärung der Angelegenheit, eine energische Bestrafung der Schuldigen und strengere Kontrollen, damit sich so etwas nicht wiederholen würde. Zudem kündigte er an, nach seinem Gespräch mit Jesus, das in den nächsten Tagen geplant sei, eine Offenbarung für alle Gläubigen zu verkünden.

„Starker Tobak", sage ich laut und klappe energisch den Laptop zu. Die anderen Nachrichten scheinen mir gerade nicht mehr wichtig. Was ist da nur los im Vatikan? Welche Auswirkungen wird das auf den Glauben und die Gläubigen haben? Und, ganz wichtig, wie werden Jesus und Elea damit umgehen. So eine tolldreiste Lügerei kann doch nicht ungestraft bleiben.

Es klopf an der Tür. Ich öffne dem Hotelpagen, der mir einen Zettel übergibt. Er scheint etwas irritiert, als er ihn mir mit den Worten hinhält: „Irgendwie eine Botschaft von Gottes Sohn, oder so. Sie sollen zu ihm kommen. Er hat sie wohl nicht erreicht, sagt er. Die Frau unten ist ganz sicher, dass er sich mit ‚Jesus, Gottes Sohn‘, gemeldet hat. Kann aber auch ein Scherz sein. Man weiß ja nie.“

Seine Unsicherheit weicht, als er nachsetzt: „Haben Sie das mit dem Papst gehört? Krass, nicht wahr? Da sind sogar hohe Kirchendiener dieser Betrügerin auf den Leim gegangen. Gut, dass wir so einen energischen Führer haben, der Gottes Wort und Ideale hier auf Erden umsetzt. Sonst sähe es schlimm aus um unseren wahren Glauben.“

Ich nehme den Zettel, den er mir immer noch entgegenstreckt und antworte kurz: „Man soll nicht alles glauben, was man liest. Das ist keine Glaubenssache, das ist eine Frage von Fakten.“ Ich blicke noch kurz in sein verständnisloses Gesicht, dann schließe ich langsam die Tür.

Auf dem Sessel entfalte ich den Zettel. In makelloser Druckschrift hat die Frau am Empfang notiert: ANRUF VON EINEM GEWISSEN JESUS, ANGEBLICH GOTTES SOHN. 8.32 UHR. ER HAT SIE NICHT ERREICHT. WENN SIE WOLLEN, KÖNNEN SIE IHN BESUCHEN. SOFORT. SIE SOLLEN IHRE KOFFER PACKEN UND ‚JETZT‘ SAGEN. ENDE DIESES MERKWÜRDIGEN ANRUFES

Ich gehe zum Bett, mein Handy hängt am Ladekabel, aber der Stecker ist nicht in der Steckdose. Ich muss schmunzeln. Willkommen in der Neuzeit. Gottes Botschaft hat mich leider nicht erreicht, weil mein Handy ausgeschaltet war. Das ist absurd.

Hat sich da einer einen Scherz erlaubt oder wird das abgebrochene Interview doch noch fortgeführt?

Plötzlich nicht mehr in Le Croisic

Ich sage probeweise ‚Jetzt' und bereue es im nächsten Moment schon wieder. Die Konturen des Zimmers verschwinden innerhalb des Bruchteiles einer Sekunde und ich finde mich auf einer Veranda irgendwo im Süden wieder. Mein Blick fällt auf die Weinberge. Weiter hinten meine ich, einen Vulkan zu erkennen. Erdkunde eins! Das muss der Vesuv sein!

„Da sind ja! Schön, dass Sie kommen wollten. Ich bin Anna." Eine Frau streckt mir ihre Hand zur Begrüßung hin. *„Er kommt auch gleich"*, sagt sie uns deutet mit dem Kopf in das Haus hinein. *„Heute ist er mit Windeln dran."* Sie lacht erfrischend herzlich. *„Kommen Sie, wir setzen uns solange in den Garten und trinken ein Glas Wein."*

Etwas überfordert mit der Situation lasse ich mich um die Hausecke führen. Dort steht ein üppig gedeckter Tisch mit vier Stühlen. Hinten im Garten sehe ich einen älteren Mann mit einer Schubkarre.

Anna ruft ihm zu: *„Papa, komm! Wir haben Gäste!"* Zu mir gewandt sagt sie: *„Das ist mein Vater. Pélé."* Sie deutet auf die Stühle. *„Nehmen Sie Platz. Sie haben sicherlich viel zu erzählen."*

Ich fühle mich immer noch von der Situation und der ungeplanten Abreise überfordert, nicke aber. Reflexartig greife ich nach meiner Hosentasche. Das Handy ist weg! Jetzt fällt mir erst auf, dass ich gar nichts gepackt hatte, als meine spontane Abreise stattfand. Ich wollte ja auch nicht wirklich sofort los, sondern erst nur einmal ‚testen'. Wer konnte denn ahnen, dass Jesus das ernst meinte?

„Was ist los?", fragt Anna einfühlsam.

Ich stammele irgendetwas von Handy, ungewollt, Abreise, Telegramm und Le Croisic, als sich mir von hinten eine Hand auf die Schulter legt. Ich drehe mich um. Es ist Jesus.

„Die Kleinen schlafen", sagt er zu Anna. Dann schaut er zu mir: *„Das ging mir früher auch so, diese Verwirrung. Aber ich hatte ja ein paar Jahrhunderte Zeit, zu üben."* Wie aus dem Nichts hält er meinen Koffer hoch. *„Alles drin, auch das Handy und Ihre Notizen."*

Erleichtert nehme ich den Koffer an und lasse mich in einen Stuhl fallen. „Ich glaube, ich könnte jetzt wirklich ein Glas Wein gebrauchen."

Während Anna mir einen Rotwein eingießt, kommt ihr Vater aus dem Garten. Er reibt sich die Hände an seiner Schürze sauber und streckt mir die rechte entgegen. *„Signora, freut mich sehr. Jesus hat schon von Ihnen erzählt. Sie sollen also alles richtigstellen. Sie sind so etwas wie ‚ANTENNA-DEI 2.0'."*

Ich schaue Jesus fragend an. Was soll ich machen? Soll ich jetzt zu seinem Sprachrohr für die Welt werden? Hat seine Schwester da nicht viel bessere Möglichkeiten und Kontakte? Schließlich wurde ‚ANTENNA-DEI' doch extra zu diesem Zweck ins Leben gerufen.

„Komm, Papa! Trink erst einmal einen Montepulciano! Wir wollen Sarah ja nicht sofort überfordern, in ihren ersten paar Minuten hier in Italien."

Der Alte nickt und setzt sich an den Tisch. *„Salute!"*, ruft er, als er sein Glas in die Höhe hebt. Alle stimmen ein, bis auf Anna, vermutlich stillt sie noch.

Jesus wendet sich mir zu. *„Haben Sie gelesen, was im Vatikan passiert ist? Das bringt leider unsere geplanten Gespräche etwas durcheinander. Deshalb hatte ich Sie gebeten, herzukommen. Und, weil es nicht mehr sicher war in Ihrem Hotel. "*

Ich schaue ihn entsetzt an. Nicht mehr sicher? Wer sollte mir etwas antun wollen. Ich bin doch ein völlig unbedeutendes Rädchen im Getriebe der Welt.

„Sie sind Journalistin. Sie sind der Wahrheit verpflichtet. Und die will momentan nicht jeder hören. " Jesus scheint, wieder einmal, meine Gedanken gelesen zu haben.

„Gut. Aber wer will mir was antun? Der Papst und sein Gefolge? Oder deren Kontrahenten? Oder die Kreuzritter? Was ist überhaupt mit denen? Die verhalten sich in letzter Zeit erstaunlich unauffällig."

Jesus nickt und greift zu seinem Weinglas. Er hält es gegen die Sonne und blinzelt. Lange sitzt er so da. Dann sagt er, mit einer Stimme, die wie aus der Ferne kommt: *„Ich werde sie Maria Anna nennen. Die Weinsorte. Nach den beiden Frauen, die ich am meisten liebe. "*
Dann geht so etwas wie ein Ruck durch seinen Körper. Er scheint wieder im Hier und Jetzt angekommen zu sein.

„Der Papst! ", antwortet er auf meine Frage. *„Er hat einen Plan, und das ist kein guter. Sie sollten ihn vereiteln. "* Jesus schaut mir tief in die Augen. *„Sie sind die Richtige dafür. "*

Der Wein, es ist schon mein zweites Glas, steigt mir zu Kopf. Ich antworte spontan: „Okay! Was soll ich tun?"

„Lieben Sie Schottland? "

144

Ich habe schon ein ‚Ja‘ auf den Lippen, aber halte mich spontan zurück. Ich fürchte, mich zwei Sekunden später in Großbritannien wiederzufinden. Und ich möchte noch hierbleiben. Also antworte ich geschickt: „Prinzipiell ja, aber nicht jetzt.“

Mein Gegenüber runzelt die Stirn, dann scheint er mich zu verstehen. Er gießt mir ein weiteres Glas ein.

„Das freut mich. Und da ist noch jemand, der sich über ihr ‚Ja‘ freut, meine Schwester. Sie erwartet Sie in North Berwick. Morgen geht ihr Flug. Sie können sie bei ‚ANTENNA-DEI‘ unterstützen. Die Welt braucht Informationen.“

„Und Glauben!“, antworte ich. Er lacht.

„Ja, und Glauben. Und mehr Menschen wie Sie.“

Jesus steht auf und holt etwas Brot und Käse aus der Küche. Ich fülle damit meinen Magen und vernebele mein Bewusstsein mit einem weiteren Glas Rotwein, während langsam die Sonne blutrot untergeht. Es ist sooo schön hier…

#

Von einem Schrei werde ich wach. Ich bin sofort alarmiert und springe auf. Zumindest zum Teil. Ich pralle vor eine Wand. Da war doch eben noch keine Wand! Wo ist der Tisch, die Terrasse, der Sonnenuntergang?

Wo bin ich?

Da ist wieder der Schrei. Ein Baby! Ich reibe verschlafen meine Augen und schaue mich um. Ich liege im

Kinderzimmer auf einer Matratze. Die beiden Babys kreischen jetzt im Duett.

Anna kommt herein.

„Schön, dass du schon wach bist, Sarah! Dann haben dich die beiden Schreihälse sicherlich nicht gestört. "

Meint sie das ernst?

„Du bist gestern Abend einfach aufgestanden und nach drinnen verschwunden. Wir hatten erst gedacht, du hättest dich ins Gästezimmer gelegt, aber dann sahen wir dich hier liegen. Du hast so schön geschlafen, dass wir dich nicht wecken wollten. In einer halben Stunde gibt es Frühstück.

Wenn du vorher noch duschen willst, das Bad ist da hinten. Ich wickele in der Zeit die Kleinen. "

Ich nicke kurz und wanke aus dem Kinderzimmer. Irgendwie ist das hier alles so … normal… Bin ich wirklich im Haus von Jesus, Gottes Sohn. Wieso leben die hier so … einfach… Warum nicht irgendwie … himmlischer?

Jesus kommt mir aus dem Bad entgegen. Er putzt gerade die Zähne und hat Schaum vor dem Mund. Ist das wirklich alles echt hier?

Mit viel heißem Wasser dusche ich den Rotweinkater von mir ab und rubbele meine Haut mit einem großen Handtusch trocken. Jetzt bin ich wieder fit und voller Tatendrang.

Auf der Terrasse warten Anna, Jesus und Pélé schon auf mich. Eine Familienidylle in der Sonne Italiens. Das könnte glatt aus einer Fernsehserie sein.

„Willst du noch frühstücken vor dem Abflug?" Jesus Frage holt mich wieder in die Realität zurück. *„Du kannst natürlich auch in aller Ruhe frühstücken und einfach ‚plopp' bei Elea erscheinen. Je nachdem, wie du lieber reist."*

Ich muss an meine Abreise aus Le Croisic denken. Außer, dass sie so unerwartet kam, war das ja ganz angenehm. Keine Zollkontrollen, kein Anstehen bei der Gepäckausgabe, einfach nur ‚plopp'. Und das vergessene Gepäck wurde prompt nachgesandt.

„Warum nicht? Wenn ich hier schon in so himmlischer Gesellschaft bin, dann will ich die Vorzüge auch genießen. Aber! Erst nach dem Frühstück!"

Jesus versteht meine Anspielung auf den Zettel des Pagen und lächelt. *„Kein Problem!"*, sagt er und deutet auf meinen Platz am Tisch. *„Wünschen Sie sich ein Frühstück!"*

Ich schließe die Augen, konzentriere mich, öffne sie wieder und tatsächlich steht da alles vor mir, was ich mir gewünscht hatte. Das Leben hier beginnt mir zu gefallen. Ich beginne mit dem Orangensaft und esse mich in aller Ruhe durch meine Wunschliste.

Die Anderen stehen nach und nach auf und gehen ihrem Tagwerk nach, was auch immer das sein mag. Was macht eigentlich Gottes Sohn den ganzen Tag, wenn er doch ‚zaubern' kann? Ackert er wirklich auf dem Weinberg?

Als hätte er meine Gedanken gelesen, erhebt sich auf dem Hügel drüben ein Mann und winkt mir zu. Jesus! Er hackt Unkraut.

Schmunzelnd bringe ich meine Sachen ins Haus und frage Anna, wie das denn mit meiner Abreise geplant sei. Ob ich wieder einfach „jetzt" sagen müsse und schon sei ich in Schottland. Und ob das vielleicht immer so gehe. Und wie es ihr so gehe, mit einem Halbgott zusammen zu sein. Und wie sie sich ihre Zukunft so denke. Und wie es sei, Kinder von Jesus groß zu ziehen. Und warum ausgerechnet hier in Italien. Und, und, und…

Anna antwortet freundlich und ohne Eile. Ich erwische mich dabei, dass ich mir bereits fleißig Notizen auf ein Stück Küchenpapier mache, das ich auf dem Tisch gefunden habe. Einmal Journalistin, immer Journalistin.

Gerade als Anna mit das dritte Stück Papier reicht, kommt Jesus zur Tür herein. Ich bekomme sofort ein schlechtes Gewissen, dass ich noch hier bin. Aber Jesus sagt nur freundlich: *„Prima, Sie sind schon mitten in der Arbeit!"* Dann nimmt er sich zwei Flaschen Wein und etwas Käse aus dem Kühlschrank und geht wieder hinaus.

„Mittagspause!", murmelt Anna. *„Und um auf deine erste Frage zurückzukommen, ich rufe Elea an und sie holt dich dann ab."*

Ich bin enttäuscht. „Doch nicht beamen?"

Anna lächelt. *„Doch, doch. Aber sie wollte eh noch etwas mit uns besprechen und nimmt dich dann mit zurück."*

„So etwas wie ‚betreutes Beamen'?", reagiere ich spontan.

Anna prustet los vor Lachen. *„Ja, so kann man es nennen. Ich sag ihr also Bescheid?"*

Ich nicke. Anna tippt eine Nachricht in ihr Handy.

148

Ein paar Minuten später schwirrt die Luft kurz, dann steht sie vor mir: Die Tochter Gottes! Ich kann es immer noch nicht fassen. Und sie sieht so ‚normal‘ aus. So eine wie du und ich. Ohne irgendetwas ‚göttliches‘. Aber mit der Ausstrahlung einer Frau, die weiß, was sie will. Typ erfolgreiche Geschäftsfrau. Definitiv ohne Jesuslatschen.

„Zufrieden?“, fragt Elea mich knapp. Sie hat mein Taxieren sicherlich bemerkt. *„Dann freue ich mich auf unsere Zusammenarbeit. Ich will noch etwas mit meinem Brüderchen besprechen, dann können wir los.“* Elea geht auf die Veranda, wo Jesus bereits mit einem Glas rotem Wein sitzt und ihn im Licht der Sonne betrachtet.

„Ist das deiner?“, fragt Elea übergangslos. *„Aus deiner alten Rebe, die du über Jahrhunderte weiterentwickelt hast?“*

Jesus nickt. *„Ja, Vitis Vinifera Maria. Aus dem alten Land, aus der alten Zeit. Ein Tropfen für besondere Anlässe. Möchtest du ein Glas?“*

„Liebend gerne. Er sieht wunderbar aus im Licht der Sonne hier. Auf den Geschmack bin ich gespannt.“

Elea setzt sich zu Jesus und beide genießen schweigend den Wein. Man könnte den Eindruck haben, sie hätten sich vor ein paar Minuten zuletzt gesehen. Eben im Haus oder so. Dabei müssen Wochen oder Monate dazwischen liegen. Wieso haben sie sich nichts zu sagen? Ob sie sich telepathisch austauschen? Oder sowieso schon alles wissen?

Elea nickt zu mir herüber. Mein Gott! Sie hat meine Gedanken gelesen! Ich werde rot. Aber dann lächelt sie nur und fragt: *„Was ist? Willst du nichts?“*

Langsam gehe ich an den Tisch. Ich sitze mit den Kindern Gottes an einem Tisch. In Italien. Und sie laden mich zu einem Wein ein. Wenn meine Eltern das noch erfahren hätten. Ich muss mich kneifen!

„Bitte nur einen winzigen Schluck!“, sage ich leise. Die Erfahrung von gestern steckt mir noch in den Knochen. Während wir einfach nur dasitzen und in die Ferne starren, hantiert Anna leise in der Küche. Ich fühle mich irgendwie wie die Made im Speck, traue mich aber auch nicht, aufzustehen und ins Haus zu gehen.

Nach ein paar Minuten des ruhigen In-de-Sonne-vor-sich-Hinsitzens ruft es aus der Küche: *„Jesus! Du bist im Fernsehen. Komm mal.“* Wir gehen hinein.

Auf dem Bildschirm sehen wir den Papst und, tatsächlich, Jesus. Beide sitzen am Rand des Brunnens auf der Piazza Navone in Rom. Jesus sieht etwas abgemagert aus, unkonzentriert. Der Papst scheint ein Interview mit ihm zu führen.

Papst: „Danke, dass Sie sich bereit erklärt haben, dieses Gespräch zu führen. Es muss Sie sicherlich Überwindung gekostet haben.

Jesus: „Ich bin gerne gekommen.“

Papst: „Weshalb haben Sie um dieses Live-Interview gebeten?“

Jesus: „Ich konnte die Last einfach nicht mehr ertragen. Mein Gewissen hat mich zu Ihnen geschickt, Eure Heiligkeit.“

Papst: „Erleichtere dein Gewissen, mein Sohn!“

Jesus: „Ich bin ein Betrüger. Ich bin nicht der Sohn Gottes. Die Kreuzritter haben mich dafür bezahlt, diese Rolle zu spielen. Sie wollten die Menschen in die Irre führen, zu einem falschen Glauben.“

Papst: „Es ist gut, mein Sohn, dass du zu mir gekommen bist.“

Falscher Jesus: „Danke, mein Vater. Ich erbitte die Verzeihung der Kirche und ihres Obersten Vertreters.“

Papst: „Du hast schwer gesündigt, aber ich vergebe dir. Die Barmherzigkeit der Kirche ist allumfassend.“ Er legt seine Hand auf den Kopf des falschen Jesus.

Ich schaue irritiert zwischen dem Fernseher und den drei Anwesenden hin und her.

Jesus schaut zunächst etwas verwirrt, dann grinst er. Anna schaut sprachlos auf den Fernseher, auf dem das Interview seinen Verlauf nimmt. Elea wird knallrot, sie scheint zu platzen. Jesus legt ihr seine Hand auf die Schulter.

„Lass gut sein, Schwesterchen. Du musst ihn nicht gleich in die Hölle schleudern. Wer weiß, wozu dieser Betrug noch gut sein wird.“

Anna greift nach ihrem Handy, sucht die Wetter-App. *„Heftiger Regen in Rom!“* Sie zeigt auf den Bildschirm. *„Von wegen Live-Übertragung!“*

„KI!“, sagt Jesus knapp. *„So gut sind die nun auch nicht, um das live hinzubekommen. Aber, ich bin ja hier! Reicht das nicht als Beweis?“*

„Mir schon," sagt Anna verzweifelt. *„Aber die vielen Millionen, die das jetzt sehen und glauben…"*

„Die sollen nicht irgendeinem Dahergelaufenen glauben, der behauptet, den Glauben für sich allein gepachtet zu haben! Die sollen sich gefälligst informieren. Glauben sollen sie an Gott, nicht an irgendeinen selbsternannten Vertreter. Es geht hier nicht darum, wer sagt, was man glauben soll. Es geht um das Gefühl innen drin in jedem. Das Gefühl, das da noch mehr ist als das, was man sehen kann. Gott eben! Oder sonstwer."

„Sonstwer?" Ich schaue Jesus überrascht an. „Gibt es denn noch mehr als Gott? Oder wen anders?"

Elea deutet mit dem Finger auf mich. *„Euch! Euch alle, die ihr frei seid, zu glauben. Oder nicht zu glauben. Und das Wahrheit zu nennen, was ihr für die Wahrheit haltet. Oder dem höchsten Wesen einen Namen zu geben, der euch gefällt. Mehr als seinen Namen könnt ihr nicht erfassen. Dafür seid ihr nicht geschaffen."*

Ich schüttele den Kopf, um ihn frei zu bekommen. Das ist heute etwas viel Input für mich. Mein Blick fällt auf den Fernseher. Hakennase ist als Großaufnahme zu sehen, er redet zu seinem gläubigen Volk:

Papst: „Natürlich wissen wir alle, wer die wahren Drahtzieher dieser Lügenkampagne sind."

Im Bild erscheint die Burg der Kreuzritter nahe Bern.

Papst: „Die Kreuzritter! Lügner und Betrüger seit Jahrhunderten. Inzwischen gehört ihnen 80 % Jerusalems. Es wird Zeit, dass sie ihr Geld an die Armen abgeben. Ich werde dafür sorgen."

„Was hat er denn jetzt wieder vor?" Ich schüttele den Kopf. Mir schwant nichts Gutes. Anna stellt den Fernseher aus und geht zu den Babys, die angefangen haben zu schreien.

Eleas Handy klingelt. Sie schaut auf das Display. *„Der Oberste Kreuzritter, eine Nachricht. Sie wollen reden."* Sie wendet sich ihrem Bruder zu. *„Du kommst hier alleine klar? Ich denke, ANTENNA DEI muss seiner Aufgabe nachkommen und ein paar Dinge richtigstellen. Sarah, kommst du mit?"*

Ich nicke, vorsichtig. Erwarte, dass es jeden Moment „plopp" macht und ich mich anderswo wiederfinde. Aber Elea schaut mich nur erwartungsvoll an.

„Und? Wo sind deine Koffer?"

Anna kommt aus der Küche mit den Babys auf dem Arm und dem Koffer, der langsam hinter ihr herschwebt. Ob sie auch…? Nein, sie ist ja … Oder?!

Ein Blick in Jesus grinsendes Gesicht löscht meine Zweifel aus. Anna ist so ‚normal' und so viel Mensch wie ich. Und Jesus ist ein kleiner Witzbold.

Die beiden Gotteskinder nehmen sich noch einmal herzlich in den Arm, Elea knuddelt die beiden Babys und dann zwinkert sie mir kurz zu. Ich verstehe.

Einen Augenblick, also wirklich, einen Augen-Blick später finde ich mich am Tor einer alten Burg wieder. Ich höre das Meer in der Nähe rauschen. Ich stehe vor den mächtigen Mauern von Tantallon-Castle.

„Schön hier, nicht wahr?" Elea zeigt stolz auf die Burganlage und die Umgebung. *„Hat uns alles der*

englische König zu Verfügung gestellt. Hier schlägt das Herz des großen Aufklärungssenders ANTENNA DEI, Radio, TV, Internet, Printmedien, alles zu unserer Verfügung. "

Die große Holztür schwingt wie von alleine auf und Elea bittet mich mit einer Handbewegung hinein. *„Komm, ich stelle dich der Crew von ANTENNA DEI vor.* "

Es dauert nicht lange, da sind viele Menschen im Salon versammelt. Sie reden durcheinander oder schauen durch die großen Panoramafenster auf das Meer. Dann bittet Elea um Gehör.

Sie stellt zuerst mich vor, dann jede einzelne Person mit Namen und ihrem Aufgabengebiet und ein paar persönlichen Besonderheiten. So kann ich mir die vielen Namen besser merken: Luzia, die ehemalige Kellnerin; Yves, der Engel; Jean-Jaques taucht gerne, Sandra trägt immer Kopfhörer, Ellen schwimmt jeden Morgen im Meer, und so weiter.

Und dann ist da noch Peter, der Kreuzritter, der während der ganzen Vorstellung seinen Arm um Eleas Hüfte gelegt hat. Keine Frage, die haben was miteinander!

Insgesamt ein tolles Team, das da jetzt langsam wieder an seinen Arbeitsplatz zurückkehrt. Was soll ich noch dabei?

„Sarah ist sozusagen unsere Geheimwaffe. Sie wird uns wichtige Informationen direkt aus dem Vatikan liefern. So können wir den Papst vielleicht noch stoppen, bevor er zu große Dummheiten begeht. "

Ich blicke wohl sehr verblüfft aus der Wäsche, alle schauen mich fragend an. Ich blicke fragend zurück. „Wie soll ich das denn anstellen?"

154

Elea holt ein Blatt Papier vom Tisch. *„Hier bitte, die offizielle Antwort vom Papst. Deine Bewerbung wurde angenommen, du bist seine neue Medienberaterin.“*

„Aber ich habe mich doch gar nicht beworben.“

„Irgendwie schon. Sagen wir mal, ich habe etwas vorgearbeitet.“

„Und? Kann ich auch nein sagen?“

„Und wie! Du hast einen freien Willen. Jederzeit. Wenn du auch nur den Hauch eines Zweifels hast, dass das das richtige für dich ist, dann lass es. Niemand zwingt dich. Ich habe das, wie gesagt, nur vorbereitet.“

Ich fühle mich überrumpelt. Ich hatte gedacht, ich mache hier irgendeinen redaktionellen Teil. Aber eine Bewerbung beim Papst? Ausgerechnet ich? Vatikan? Priester und geheuchelte Frömmigkeit. Und dann noch als Spionin für eine gute Sache.

Wie geil!

„Ja,“ sage ich laut. „Und wie! Wann fange ich an?“

„Wann du willst. Der Nuntius wartet auf deinen Anruf.“

„Und wieso ich?“

„Du erinnerst dich an die Familiengeschichte, auf die Jesus dich gestoßen hat?“

„Na klar!“

„Der Großvater des Papstes war der Pilot, der deinen Vorfahren damals über Verdun abgeschossen hat. Er wurde danach ein hohes Tier im dritten Reich mit einer sehr unrühmlichen Geschichte. Der Papst hat das alles bisher unter den Teppich kehren können. Er möchte auf keinen Fall, dass das publik wird und hofft, dich im Vatikan ausreichend ablenken zu können, so dass du keine weiteren Ermittlungen in dieser Richtung anstellst.“

„Darauf wäre ich auch nie gekommen. Schließlich war Krieg.“

„Ja, aber der Papst hat seine Vita damals etwas geschönt und auch in dieser Beziehung etwas zu verbergen.“

„Noch mehr als das?“

„Viel mehr.“

„Und was soll ich herausfinden? Soll ich ihn diskreditieren? Soll ich seine Vergangenheit aufdecken?“

„Nein. Das ist sein Problem. Hier geht es um mehr. Um die Wahrheit. Nicht ein paar einzelne Lügen. Wir müssen die Menschen informieren, was im Vatikan schiefläuft, damit sie ihre Wahl treffen können, wem und was sie glauben wollen.“

„Upps! So viel Sanftes, ich weiß nicht, wie ich es anders nennen soll, von der Tochter Gottes? Könntest du ihn nicht einfach ‚ausknipsen‘ oder auf eine einsame Insel verbannen? Und später den Leuten erzählen, warum du das gemacht hast?“

„Schöne Idee! Ich hätte da sogar eine Insel im Auge. Aber so läuft das nicht. Gott ist kein Diktator. Und wir haben euch den freien Willen gegeben. Ein Gehirn, das über

Möglichkeiten verfügt, die ihr noch gar nicht nutzt. Und die Fähigkeit, Gutes vom Bösen zu unterscheiden. Sofern ihr genug informiert seid. "

„Ach, das ist also mein Teil? Heimlich an das heranzukommen, was die Öffentlichkeit nicht erfährt. Bekomme ich einen Laserkugelschreiben und hochhackige Schuhe mit Raketen? Oder einen unsichtbaren Wagen? Oder wenigsten eine Kamerabrille?“

Elea lacht, ich auch. Irgendwie fühlte ich mich gerade als Sarah Bond in himmlischer Mission. Trotzdem ist es ein beklemmendes Gefühl, in den heiligen Hallen des Vatikans herumzuschnüffeln. Aber auch eine Herausforderung, und die nehme ich gerne an.

„Mach dir noch ein paar schöne Tage hier, dann kannst du nach Italien reisen. Bis dahin genieße Schottland. "

Das werde ich tun. Elea bringt mich auf meine Zimmer, es ist eher ein Saal, mit Blick auf das Meer. Zwei oder drei Tage werde ich hier genießen, die Ruhe vor dem Sturm.

Meine Reise nach Rom

Der Sturm kam schneller als erwartet.

Gestern ist eine Gesandtschaft der Kreuzritter angekommen. Sie sind in Sorge um den geistigen Gesundheitszustand des Papstes und die möglichen Folgen für die Institution Kirche. Wir haben lange darüber diskutiert, welche Möglichkeiten wir haben, die verfahrene Situation wieder in den Griff zu bekommen. Durch die ‚Enttarnung‘ Jesus und seine gleichzeitige Himmelfahrt war das Jahrhunderte alte Gleichgewicht zwischen Kirche und Kreuzrittern ins Wanken geraten. Beide Parteien fürchten nun um ihre Reichtümer und Privilegien. Die einen wollen ihr Vermögen nicht teilen, die anderen nicht ihre Macht über den Glauben.

Insgesamt sind mir aber die Kreuzritter sympathischer, sie haben weltlichere Ansichten und auch schon einen Plan, wenigstens einen Teil ihres Vermögens abzugeben. Schließlich müssen sie nach 2000 Jahren einsehen, dass sie einen Jesus nicht mehr zum König Jerusalems krönen können. Etwas spät, aber immerhin!

Von Seiten des Papstes ist es zwei Tage ruhig geblieben. Ich habe mich wirklich entspannen können und war sogar morgens mit Ellen im Meer schwimmen. Herrlich! Wir wurden sogar von Delfinen begleitet.

Heute ist Freitag, eigentlich wollte ich nach Italien abreisen. Aber das Wetter ist so schön, und meine Gespräche mit Ellen sind mir so wertvoll, dass ich dem päpstlichen Nuntius gesagt habe, dass ich erst Montag anreisen werde. Von seiner Antwort war ich etwas irritiert, es klang wie: *,Das ist auch besser so.‘*

Heute Morgen konnte ich noch nicht wissen, wie das gemeint war, aber jetzt, wo wir alle im Salon sitzen und der Fernseher läuft, habe ich einen Verdacht.

‚**Explosion in der Erscheinungskirche in Jerusalem. Oberster Kreuzritter getötet**‘, so läuft ein rotes Nachrichtenband durch das Programm. Wir schauen uns sprachlos an.

Peter wendet sich an Elea. *„War er das?“*

Wir alle wissen, wen er meint.

„Nein! Das würde er nicht tun. Lügen und betrügen, ja! Aber töten? Das kann ich mir nicht vorstellen. Sarah, du musst los!“ Elea wirkt angespannt.

Das kommt für mich jetzt sehr überraschend, aber ich kann das nachvollziehen. Es ist wichtig, jetzt Augen und Ohren im Vatikan zu haben. Zumindest, wenn man nicht seine göttlichen Fähigkeiten einsetzen will und „puff“. Aber das kann ich verstehen. Irgendwie. Ich glaube, ich, ich würde da eingreifen. Egal!

Ich packe meinen Koffer und bin bereit für das nächste „plopp!“. Eine Sekunde später stehe ich im Büro des Sekretärs des Papstes, der erschrocken seinen Laptop zuklappt. Ich höre noch kurz ein Stöhnen, wie in einem Sexfilm, dann ist der Lautsprecher stumm. Der Sekretär schaut mich entgeistert an.

Ich übernehme die Führung in dieser Situation und strecke ihm die Hand hin.

„Sarah Greiner! Der Papst erwartet mich.“

Der Sekretär schaut mich kurz an, nickt und führt mich dann durch die hallenden leeren Gänge zum Zimmer des Papstes. Kurz vor der Tür bleibt er stehen. *„Haben Sie das vor Ihrer Anreise noch gehört? Von der Explosion?“*

Ich verneine.

„Eine Tragödie! Der Oberste Kreuzritter Gerstmann war zu Besuch in der Erscheinungskirche in Jerusalem. An dem Ort, an dem Jesus noch einmal erschienen war, nach seiner Verhaftung und seinem Verschwinden aus Jerusalem vor über 2000 Jahren. An diesem Ort, das ist wirklich makaber, wurde nun auch der Oberste Kreuzritter das letzte Mal gesehen.“

„Ist er in den Himmel aufgefahren, so wie Jesus?“ Ich kann nicht anders, ich stelle mich naiv?

„Nein! Der Papst bewahre! Er starb. Durch eine Explosion. Man geht hier im Palast, davon aus, dass er aus den eigenen Reihen umgebracht wurde. Interne Streitigkeiten um seine Rolle in der Führung der Kreuzritter und seine fragwürdige Anerkennung dieses Schauspielers als Jesus.“

„Der, den der Papst entlarvt hat? Ich sah es im Fernsehen.“

„Ja, stellen Sie sich vor! Da heuern die Kreuzritter jemanden an, der Jesus darstellen soll und beleben die Mythen wieder, dass der Sohn Gottes immer noch unter uns weilen würde! Unglaublich!“

„Aber die vielen Videos von seiner Himmelfahrt in Münster? Die vielen Berichte über sein Wirken im Laufe der Jahrhunderte? Was ist damit?“

160

„Alles gefälscht! Alles eine Ausgeburt der Fantasie der Kreuzritter." Er hebt drohend seinen Zeigefinger. *„Aber die werden schon sehen, was sie davon haben. Der Papst wird hart durchgreifen."*

Wie auf Stichwort öffnet sich die goldverzierte, hölzerne Tür, vor der wir stehen. Der Papst hat seinen Auftritt.

„Sekretarius! Danke für deine Mühen. Ab hier übernehme ich! Gehe hin in Frieden." Und zu mir gewandt: *„Frau Greiner! Es ist mir, irgendwie, eine Freude, Sie zu sehen. Treten Sie ein. Ich hoffe, der Sekretarius hat Sie nicht gelangweilt?"*

„Ganz im Gegenteil! Er hat mich auf dem Laufenden gehalten. Ich wusste gar nicht, was sich während meiner Reise hierher alles ereignet hat."

„Ja, das ist wahr. Eine Tragödie! Und ein Lehrstück zugleich. Man soll halt nicht mit dem Glauben anderer Menschen spielen. Das ist allein das Privileg der Kirche."

„Das Spielen damit oder der Glauben als solcher?"

„Sie sind spitzfindig. Das gefällt mir, glaube ich. Nun ja, wir werden sehen, wie wir miteinander klarkommen. Ich freue mich jedenfalls, dass Sie den Weg zu mir gefunden haben, und nicht zur Gegenseite.

Zuerst hatten wir den Verdacht, dass Sie sich sogar mit diesem angeblichen Jesus getroffen haben, diesem Verräter. In Frankreich, vor ein paar Tagen. Aber unsere Aufzeichnungen beweisen, dass es wohl jemand anders gewesen ist."

Ich verstehe, das schwarze Auto. Jesus hatte Recht gehabt. „Das war er sicher nicht. Ich würde merken, wenn ich dem Sohn Gottes begegnen würde. Oder jemanden, der sich dafür ausgibt. In Le Croisic, das waren Recherchen zu unserer Familiengeschichte. Leider erfolglos.“

Ich lüge den Papst an! Ohne rot zu werden! Ich bin gut! Ich bin die Beste!

Er schaut mich kurz zweifelnd an, dann scheint er zufrieden zu sein. *„Gut! In Anbetracht der Ereignisse kann ich eine Pressereferentin brauchen, die mir den Rücken freihält. Damit ich Zeit habe, für die nächsten Schritte. Wollen Sie das tun?“*

„Sicherlich. Gerne. Dafür bin ich ja hier.“

„Fein. Mein Nuntius wird sie in alles einführen. Wir sehen uns morgen wieder. Sagen wir mal, zum Mittagessen. Und nun lassen Sie mich meinen heiligen Pflichten nachgehen. Auf Wiedersehen!“

Der Papst klatscht in die Hände und aus einer der vielen Türen tritt ein Geistlicher in den Raum hinein. Er nickt nur kurz und schiebt mich mit einer Handbewegung hinaus. Auf dem Flur ist er dann etwas beredter und freundlicher.

„Sie fangen leider zu einem ungünstigen Zeitpunkt hier an. Mit der heiligen Ruhe ist es hier vorbei. Seit dieser himmelschreiend unnötigen Himmelfahrt im Mai letzten Jahres ist alles anders geworden. Musste dieser Typ auch an die Öffentlichkeit treten? Er hatte es doch gut da, wo er war. Wir hatten für alles gesorgt. Sogar die Kreuzritter haben wir ihm ständig von Backe gehalten. Er konnte einkaufen gehen, Eis essen, seinen Esel besuchen und manchmal sogar predigen. Alles war in Ordnung. Was hat ihn nur dazu bewogen, plötzlich so einen Auftritt

162

hinzulegen. Ist das der Dank für 2000 Jahre kirchliche Umsorgung?"

Der Nuntius bleibt abrupt stehen und hält die Hand vor den Mund. *„Er hat Sie doch eingeweiht, oder?"*

Ich lächle. „Ich bin so etwas von eingeweiht, das können Sie sich gar nicht vorstellen."

„Dann ist es ja gut." Der Nuntius setzt sich wieder in Bewegung, seine schwarzen Schuhe klackern auf den Treppen nach unten. *„Ich dachte schon, ich hätte mich verplappert. Manchmal rede ich zu viel. Meint zumindest der Papst."*

„Oh, keine Sorge. Ich habe ein offenes Ohr für alles, was hier gesagt wird. Dafür bin ja hier."

„Stimmt. Ich werde Sie mit allem Nötigen versorgen, was Sie brauchen. Insbesondere mit den neuesten Entwicklungen. Hier…" er öffnet die Tür, vor der wir stehengeblieben sind, *„… ist Ihr Arbeitszimmer. Internet, Intranet und Zugang zu den Archiven des Vatikans sind bereits eingerichtet. Hier ist Ihre Karte."*

Das geht jetzt alles aber sehr schnell. Ich denke mal, dass Elea auch hier einen gewissen Einfluss hat spielen lassen. Und frage mich wieder einmal, warum ich überhaupt hier herumspionieren soll, wenn sie doch über ihre göttlichen Fähigkeiten verfügt. Ich, ich würde mich einmischen in die Geschicke der Menschheit, wenn ich es könnte. Nun, irgendwie tue ich das ja nun auch.

„Silvio."

Ich schaue den Nuntius fragend an.

„Mein Name ist Silvio. Rufen Sie mich, wenn Sie etwas brauchen. Ich lasse Sie jetzt erst einmal ankommen. Gehen Sie herum, schauen Sie sich alles an. Wir sehen uns später." Er dreht auf der Hacke um, seine Soutane weht, während er um die Ecke des Ganges verschwindet.

Ein komplett anderer Empfang als auf dem Schloss vor ein paar Tagen. Dort Sonne, Meer, Panoramafenster, hier kalter Marmor und Kellergewölbe. Ich schaue mich ein wenig in meinem Büro um. Die technische Ausstattung ist gut, das Mobiliar etwas altbacken. Da ich eh nicht weiß, was ich hier anfangen soll, stelle ich den Koffer in die Ecke und beginne ich mit meinem Rundgang. *„Schauen Sie sich alles an"*, hatte er gesagt. Ich schnappe meine Ausweiskarte und schlendere durch die Gänge. Die Menschen, die mir begegnen, ausschließlich Männer, grüßen freundlich, aber zurückhaltend. Nach ein paar Minuten wird mir bewusst, was mir fehlt: Betgesang und der Geruch von Weihrauch.

Wahrscheinlich hat die Kirche von heute wenig mit Glauben und Beten und mehr mit Verwaltung und Kommunikation zu tun. Durch eine halb geöffnete Tür kann ich nach draußen in den Garten sehen. Dort steht der Papst und fuchtelt aufgeregt mit den Armen, während er gleichzeitig in sein Handy brüllt. Einige Satzfetzen dringen zu mir herüber.

„... Warnung hatte ich gesagt, nicht gleich umbringen ... Verantwortlichen bei denen suchen ... am besten eine Frau ... Pressemitteilung für morgen ... Tochter Gottes ... Unfug ..."

Meine Gedanken beginnen zu kreisen. Bin ich hier gerade den Plänen eines Attentats auf der Spur? Oder bezieht sich das etwa auf die Explosion in der Erscheinungskirche? Als ich das Knirschen von Schuhen auf Kieselsteinen höre, ziehe ich mich schnell zurück. Irgendwie fühle ich mich in meiner Rolle hier nicht wohl.

Irgendwo in den Gängen treffe ich unerwartet wieder auf Silvio. Er fragt mich freundlich, ob ich zurechtkomme und wo ich denn untergekommen sei. Darüber hatte ich mir noch gar keine Gedanken gemacht. „Bei einer alten Freundin.", antworte ich schnell, um keine weiteren Fragen aufkommen zu lassen. „Ich werde mich dann auch mal dahin auf den Weg machen, sonst wird es zu spät."

„Schön, dann bis morgen!" Der Nuntius geht wieder seines Weges und ich frage mich, was ich jetzt machen soll. Da fällt mir ein, dass Luzia erzählt hat, dass sie Elea in einem Hotel kennengelernt hatte, dass in der Nähe des Colosseums liegt. Da werde ich hingehen. Das soll meine Basis werden, solange ich hier in Rom in himmlischer Mission unterwegs bin. Zu Fuß etwa eine Stunde, draußen ist ein herrlicher Maitag, also warum nicht? Nach einigem Suchen finde ich mein Büro wieder, hole den Koffer und stürze mich in das Getümmel auf den Straßen Roms.

Am Leonardo Da Vinci-Museum vorbei komme auf die Brücke über den Tiber. Unter mir fahren halb gefüllte Boote mit Touristen vorbei, aus den Lautsprechern dröhnen Ansagen in verschiedenen Sprachen. Es ist ohrenbetäubend Laut, die Autos kommen nur langsam voran, hupen, stinken. Ich entscheide mich, ein Stück des Weges unten am Tiber entlang zu gehen. Sicherlich ein Umweg, aber ruhiger.

An der ‚Ponte Cavour' nehme ich die Treppen hinauf in das betriebsame Rom. Von der ‚Via Tomacelli' geht es auf die ‚Via del Corso' und dann immer nur geradeaus. Der Spaziergang tut mir erstaunlich gut. Er macht den Kopf frei, trotz der Geschäftigkeit rund um mich herum. Nach fast zwei Stunden Fußweg, wegen der vielen Sachen, die ich einfach ansehen musste, komme ich im Hotel an.

Der Portier hinter der blank polierten Holplatte der Rezeption lächelt mich freundlich an. Er scheint auf mich gewartet zu haben. *„Antenna Dei?"*, fragt er mit einem Lächeln. *„Ich habe ein Zimmer für Sie reserviert, Signora Grenier."* Er benutzt die französische Version meines Namens. Obwohl ich überrascht bin, kann ich es gut verbergen. Ich nehme dankend den Zimmerschlüssel und der Page führt mich auf meine Suite. Dann lasse ich mich erschöpft auf das Bett fallen. Was für ein Tag!

Nach einem kurzen Nickerchen werde ich wieder wach. Es ist Zeit für das Abendessen. Mein Magen verlangt lautstark danach.

Ein freundlicher Hotelpage führt mich zum Restaurant auf die Dachterrasse. Es ist leicht schwül hier oben und man merkt die Geschäftigkeit unten in den Straßen. Trotzdem ist es ein Ort der Ruhe, mit einem überwältigenden Blick auf das Forum Romanum. Herrlich!

Hier oben wieder die gleiche Frage: *„Antenna Dei?"* Ich hatte das an der Rezeption für eine Frage nach meinem Arbeitgeber gehalten, jetzt kommen mir aber irgendwie Zweifel. Ich frage nach. In perfektem Englisch erklärt mit der Ober, dass hier im Hotel unterschieden werde zwischen den Anhängern des Papstes und denen von Antenna Dei. So, wie früher zwischen Rauchern und Nichtrauchern. Man wolle keine Spannungen aufkommen lassen, wenn sich die Parteien vermischen. Er wolle mich zu meiner eigenen Sicherheit an den passenden Tisch setzen. Jetzt erst verstehe ich den Sinn der Absperrbänder draußen.

„Das kann doch wohl nicht wahr sein!" Ich drehe mich auf dem Absatz um, will zurück in das Hotel.

„Bitte, Signora! Es ist Vorschrift. Und zu Ihrem eigenen Besten!" Der Ober schaut mich fast flehentlich an. Ich greife zu einer List. „Und wenn ich weder das Eine noch das Andere unterstütze?" Schelmisch schaue ich ihn an. „Ich bin neutral."

„Signora, das gibt es nicht. Entweder sind Sie für den Papst oder gegen ihn." Das ist mir dann doch zu blöd. Und zu streiten habe ich keine Lust. Also bestelle ich eine Pizza, irgendeine, auf mein Zimmer. Und eine Flasche Rotwein.

Eine halbe Stunde später sitze ich auf meinem Bett, kaue die Pizza und schau über die altehrwürdige Stadt. Zwischen 312 und 320, nach der Schlacht an der Milvischen Brücke, baute Kaiser Constantin drüben, auf der anderen Seite des Tiber, eine gigantische Basilika. Sie ist der Ursprung des kleinen Staates Vatikan, der seitdem ständig wuchs.

Constantin hoffte, nachdem Jesus ihm vor der Schlacht erschienen war, ihn mit diesem Bau nach Rom locken zu können. Er wollte ihm einen angemessenen Palast zur Verfügung stellen und die Kreuzritter in Jerusalem mit ihrem Plan, Jesus dort zu krönen, ausstechen. Das hat aber nicht funktioniert, Jesus blieb längere Zeit im Verborgenen. Ihm liegt nichts an Prunk und Reichtum. Auch als Staat und Kirche sich hier zusammentaten und Rom als Hauptstadt des Glaubens ausriefen, blieb der Sohn Gottes fern.

Schon merkwürdig, wie gleich doch die beiden Parteien ticken, die sich um Jesus streiten. Würden sie sich doch mal die Mühe machen, ihm zuzuhören, sie wüssten sofort, womit sie ihn begeistern könnten und wie sie der Menschheit eine Hilfe sein könnten. Eigentlich sind sie doch alle gleich! Kreuzritter oder Kirche! Jeder will sein eigenes Wohl zuerst. Vatikan first! Kreuzritter first!

So kann man doch miteinander umgehen, wenn man doch angeblich das Wohl der Menschen im Auge hat. Jetzt geht hier sogar ein sichtbares Abstandsband durch die Stadt. Bald werden sie wohl noch Gräben aufwerfen und die Stadt unter sich aufteilen.

Furchtbar! Man sollte alle in einen Sack stecken und … Oh! Die Flasche Wein ist leer! Ich glaube, ich sollte mich jetzt hinlegen. Meine Gedanken fahren Karussell. Und wenn ich aus dem Fenster schaue, Rom auch.

#

Was für ein schöner Morgen! Die Sonne geht gerade auf, sie leckt mit ihren roten Strahlen über die uralten Gemäuer des Forum Romanum. Eine wunderschöne Stadt! Wenn meine Geschichtskenntnis mich nicht trügen, noch etwa 1000 Jahre älter als Jesus. Eine erste Ansiedlung von Sabiner und Latinern auf den 7 Hügeln am Tiber. Wie hat sie sich gewandelt im Laufe der Jahrtausende!

Jesus! Meine Güte! Jetzt erst wird mir klar, dass der Mann, den ich vor ein paar Tagen noch mit seinen Babys auf dem Arm gesehen habe, einen Großteil der neueren Geschichte der Menschheit miterlebt hat. 2000 Jahre! Das ist mir nie bewusst gewesen. Nie so recht. Was er alles gesehen und erlebt hat. Gelebt hat.

Ich muss zurück. Ich bin Journalistin! DAS ist etwas, was die Welt lesen will. 2000 Jahre leben! Und ich, ich bin seine Vertraute. Oder so in etwa. Ich muss zurück zu ihm, seinem Weingut, seiner Frau, seinen Kindern. DAS ist etwas, dass ich der Welt berichten muss. Das ist mein Auftrag!

168

Ein Attentat auf den Papst?

Während ich mich im Bad ankleide, wackelt für einen Moment die Erde. Ich schlüpfe etwas unbeholfen und hektisch in das zweite Hosenbein stolpere zum Balkon und öffne die Tür. Es riecht merkwürdig und es ist diesig draußen. Ich schaue nach links. Weiter hinten, jenseits des Tiber, dort wo mein neues Büro liegt, steht eine grauschwarze Rauchwolke. Es riecht verbrannt, jetzt kann ich den Geruch erklären.

Unten auf der Straße schreien Leute, rennen aufgeregt hin und her. Ich fühle mich hilflos, überfordert, verloren. Was mache ich hier in einem Hotel in Rom? Was ist nur aus meinem 1-Tages-Interview mit dem Sohn Gottes geworden? Hinflug, Interview, Rückflug. Das war mein Plan. Das ist gerade mal etwas mehr als eine Woche her! Was ist seitdem alles geschehen!

Ich schalte den Fernseher ein. Ich traue mich nicht, mein Zimmer zu verlassen und auf die Straße zu gehen. Was ist nur aus meiner investigativen Neugierde geworden? Etwa Angst?

Sprecher: „Eine Explosion hat heute die Archive des Vatikans erschüttert. Unser Reporter Julio Perdito ist zufällig in einem unserer Hubschrauber über der Explosionsstelle und berichtet Ihnen live von dem, was dort geschehen ist.“

Man sieht die Basilika, sie scheint unversehrt, und einige Gebäude, über denen schwarzer Rauch schwebt. Unten Blaulichter, Autos, Menschen.

Julio: „Ich befinde mich zufällig über der alten Basilika Vaticana. Wir wollten heute über die Pilger berichten,

die sich seit ein paar Tagen im Vatikan versammelt haben, da wurde unser Hubschrauber von einer gewaltigen Druckwelle erfasst und weggeschleudert. Nur der Erfahrung und dem Geschick unseres Pilote Pietro ist es zu verdanken, dass wir noch am Leben sind. Danke Pietro!"

Er applaudiert kurz, der Pilot streckt den Daumen der rechten Hand nach oben.

„Wir haben bisher noch keine Informationen, was diese Explosion verursacht haben könnte. Klar ist nur, dass sie unten, wohl in den geheimen Archiven, stattgefunden hat. Ob es Vermisste, Verletze oder Tote gibt, ist bisher noch nicht klar. Wir bleiben live vor Ort, um Sie auf dem Laufenden zu halten."

Das Bild wechselt wieder in das Studio, der Sprecher hält eine Hand an seinen Ohrhörer und sortiert einige Zettel, die ihm gerade hingelegt werden. Dann schaut er in die Kamera.

Sprecher: „Offenbar hat es einen Anschlag auf die alten Archive des Vatikans gegeben, dies haben wir eben aus einer sicheren Quelle erfahren. Alle Nachweise, dass Jesus bereits vor 2000 Jahren in Jerusalem gestorben sein soll, wurde offenbar dabei vernichtet. Zur Zeit ist die vatikanische Feuerwehr dabei, das Feuer unter schwerem Atemschutz zu löschen. Offenbar ist es schwierig so tief in die Gewölbe einzudringen, da dort der Strom und somit auch die Beleuchtung ausgefallen ist.

Wir werden weiter berichten. Ich höre gerade …"

Er fasst sich wieder ans Ohr.

„Der Papst, seine Heiligkeit, hat den feigen Anschlag unbeschadet überstanden und will sich an die Öffentlichkeit wenden. Julio, kannst du das bestätigen?"

Man sieht wieder die Kamera aus dem Hubschrauber, der um die Basilika Vaticana kreist. Aus dem Hubschrauber antwortet Julio:

„Das ist unglaublich! Trotz der Explosion, trotz der möglicherweise noch andauernden Gefahr, versammeln sich auf dem Platz vor der Basilika hunderte, nein, tausende von Menschen. Die Polizei und die Feuerwehr haben keine Chance, diese Menschenmassen abzuwehren.

Bis hier hin, hoch oben im Hubschrauber, hört man ihre Rufe. Sie rufen ihn immer wieder, den Pontifex."

Offensichtlich hält Julio das Mikrofon nach draußen, aber man hört nur das Laute Dröhnen des Hubschraubermotors.

„Und da ist er! Der Vertreter Gottes auf Erden! Unser Pontifex. Unser Papst. Können wir versuchen, näher heranzukommen?"

Der Pilot schüttelt den Kopf. Man sieht, dass der Reporter das Helmmikrofon mit der Hand zuhält und auf den Piloten einredet. Nach ein paar Sekunden nickt der Pilot.

„Meine Damen und Herren! Sie sind heute Zeugen eines einzigartigen Ereignisses. Wir werden direkt an die Basilika heranfliegen und versuchen, ein Bild des Papstes zu bekommen, der wohl in den nächsten Sekunden auf den Balkon treten wird.

Was für ein mutiger, bewundernswerter Mann! Bitte bleiben Sie dran!"

Er zeigt mit dem Finger geradeaus, der Pilot nickt, Hubschrauber ruckelt, das Bild wechselt wieder ins Studio.

Sprecher: „Das ist wirklich außergewöhnlich! Televisio Vaticano ist live dabei, wenn die Kreuzritter versuchen, ein Attentat auf den Papst zu verüben. Wir schalten gleich wieder zurück zu Julio Perdito."

Auf dem Bildschirm sieht man zwei Priester in einer schwarzen Kutte durch einige Gänge rennen. Sie scheinen verfolgt zu werden. Kurz, nachdem sie an einer schwarzen, hölzernen Tür vorbei sind, bleiben sie stehen, lauschen, gehen ein paar Schritte zurück. Sie öffnen die Tür leise, schlüpfen in den Raum und schließen die Tür wieder. Als sie sich atemlos an die Tür lehnen, hört man draußen Schritte. Offenbar laufen ihre Verfolger vorbei. Beide Priester lächeln sich zufrieden an. Dann holen Sie eine Flasche aus ihrer Soutane. Die sie mit einem lauten „plopp" entkorken. Eine Stimme aus dem Hintergrund sagt: **„Coca Cola, immer dabei!"**

Ich setze mich entsetzt zurück aufs Bett. DAS war ja nun wirklich geschmacklos. Nicht nur diese Werbeeinblendung, sondern der gesamte Bericht. Der Knall, die Explosion, das ist doch gerade erst mal zwei Minuten her. Woher haben die all die Informationen?

Ich switche zwischen den Sendern hin und her. Auf den meisten läuft ein normales Programm. Keine Eilmeldungen, nichts. ANTENNA DEI? Finde ich hier nicht. Ich versuche es auf dem Handy. Auch nichts Neues! Sind das hier Fake News? Ist das alles gar nicht echt? Ich habe doch den Knall gehört.

Ich finde einen Nachrichtensender, der über die Explosion berichtet. Offensichtlich ist bei Schweißarbeiten in den privaten Gemächern des Papstes eine Gasleitung undicht gewesen und es ist zu einer Explosion gekommen. Seine private Bibliothek soll dabei Feuer gefangen haben. Irritiert gehe ich noch einmal auf den Balkon. Es regnet Asche. Einige kleine Teilchen rieseln herunter zu meinen Füßen. Meine Güte! Tausende Jahre alte Schriften liegen jetzt zu Staub zerfallen vor mir. Zeitzeugen von Jahrhunderten. Ich hebe eines der bunten Schnipsel auf.

Ganz so alt scheint es nicht zu sein. Es sind Teile eines schwarzen Autos zu sehen und ein Mann, der an das Auto lehnt.

Was ist das?!

Mein Handy klingelt. Ich laufe hinüber zur Kommode. Es ist Jesus.

„Jetzt?", fragt er nur. Ich verstehe, was er meint.

„Jetzt!", sage ich, nachdem ich meinen Koffer gegriffen habe. Und einen Augenblick später bin ich North-Berkshire, mitten im Salon, mit Blick auf das Meer. Elea und Jesus schauen mich freundlich an.

„Das war etwas unerwartet, oder?", fragt Elea. Ich bin sicher, dass sie nicht meine spontane Anreise meint und antworte: „Oh, ja! Irgendwie habe ich das Gefühl, das die Geschehnisse an mir vorbei leben."

„Willkommen in der realen Welt", feixt Jesus. *„Wir haben es für sicherer gehalten, dich dort heraus zu holen. Da läuft im Moment etwas ab, was nicht gut ist."*

„Und mein Job im Vatikan? Ich sollte heute dort anfangen!"

Schon summt mein Handy kurz. Eine Mitteilung vom päpstlichen Nuntius. Meine Stelle ist in Anbetracht der Ereignisse gestrichen. Er wünscht mir einen guten Rückflug. Das wäre also auch erledigt. Und jetzt?

„Wir nehmen jetzt eine Flasche von Papas bestem Rotwein und setzen uns auf die Terrasse. Der Blick auf die Weinberge wird uns auf andere Gedanken bringen." Luzia kommt mit einer Flasche und einer Handvoll Gläsern. Peter rückt draußen schon lautstark die Stühle zurecht, während Yves mit einem Stapel Sitzauflagen um die Ecke kommt.

Der Engel hat auch die Idee einer Vorstellungsrunde, in der jeder etwas Persönliches von sich erzählen soll, insbesondere, wie er hierhergekommen ist. Diese Vorstellungsrunde hat es in sich.

Ich erfahre von Luzias Zeit in dem Hotel, in dem ich eben heute Morgen noch gewesen bin, von ihrer Affäre mit Elea und ihrer jetzigen Beziehung zu Yves. Der wiederum erzählt von seinem ersten Treffen mit Elea, der Offenbarung auf dem Eifelturm und seinen geheimen Wünschen, endlich kein Engel mehr zu sein. Peter erzählt stolz von seiner Zeit als aktiver Kreuzritter und wie er es immer wieder geschafft hatte, Elea zu überraschen, obwohl sie doch alles im Voraus wissen müsste. Elea kommentiert das nicht, erzählt aber von dem Wunder der Schöpfung, ihrer eigenen Kreation, und wie fasziniert sie davon ist, diese hier selbst genießen zu können. Jesus holt weit aus, erzählt von seinen Treffen mit Columbus, Luther und auch ein paar Anekdoten aus seiner Zeit in Münster.

Als ich an der Reihe bin, geht die Sonne bereits langsam unter. Irgendwie habe ich das Gefühl, bei diesen großartigen Erzählungen gar nicht mithalten zu können. Also erzähle ich von der Zeit, als ich klein war, von Vater und Mutter. Ich erzähle von meiner Abneigung gegen Spinat und meinem Heißhunger auf Haferbrei, von der Liebe meiner Eltern und den vielen kleinen und großen Problemen des Heranwachsens.

Wenn ich das richtig gesehen habe, hat Elea gerade eine Träne aus dem Auge gewischt. Sie steht auf, um neuen Wein zu holen. Jesus schaut ihr nachdenklich nach und spricht leise: *„Schön, eine Kindheit zu haben. So viel Entwicklung vor den Augen und so wenig Wissen um das, was kommt. Nun, ich werde das jetzt nach und nach selbst erfahren, als Augenzeuge. Ich freue mich drauf!"* Er steht auf und reckt seine Knochen, dann deutet er zum Strand.

„Lust auf ein Lagerfeuer?" Und schon kracht aus dem Abendhimmel ein Blitz und entzündet einen Holzhaufen, von dem ich nicht sicher bin, ob er eben schon da war. So oder so, Zufall war das nicht.

„Ich gehe rein und hole meine Badehose. Will noch wer mit schwimmen?" Peter steht auf und geht hinein. Yves folgt ihm, während wir anderen zum Strand hinuntergehen. Elea schließt zu uns auf, sie hat einen Badeanzug in der Hand. Ein schöner, sommerlicher Abend, ich habe ganz vergessen, wie der Tag angefangen hat.

Wir sitzen jetzt hier am Strand, während in Rom Menschen getötet wurden, und einen Tag vorher in Jerusalem. Wie können die nur so gleichgültig sein?

Elea stützt sich an mir ab, während sie ihren Badeanzug anzieht. Ich erhasche einen Blick auf ihren makellosen Körper. Auch Yves schielt herüber.

„Denk nicht," sagt Elea unvermittelt, *„dass uns das Geschehen in der Welt egal ist. Nur jetzt, genau jetzt, ist ein Moment, das können wir nichts tun. Wir warten ab, was weiter geschieht. Das ist nicht immer leicht, das kannst du mir glauben. Denk an deine Eltern."*

Ich verstehe, was sie meint. Wäre ich nicht hundert Mal immer wieder vor Rad gefallen, sondern ständig gestützt worden, ich könnte heute noch nicht Rad fahren. Wahrscheinlich ist die Menschheit in den Augen ein kleines Kind, das seine Erfahrungen machen muss. Auch wenn sie weh tun.

„Der freie Wille, das war mein Geschenk an euch. Manchmal zweifele ich, ob das wirklich eine gute Idee war. Ihr seid so oft so inkonsequent. Vielleicht hätten wir euch doch das Mitgefühl etwas verstärken sollen. Aber Jesus wollte stattdessen ja lieber ein Schnabeltier erschaffen."

Elea lacht und rennt auf das Wasser zu. Peter überholt sie kurz vor der Wasserkante und reißt sie um. Dann staksen beide Hand in Hand in die Fluten.

„Den Scherz mit dem Schnabeltier macht sie immer.", wendet sich Jesus an mich. *„Es ist aber auch wirklich niedlich, oder?"*

Ich nicke irritiert. Dann flüstert er mir zu: *„Mitgefühl habt ihr trotzdem. Ich müsst es nur lernen. Es ist euch nicht in die Wiege gelegt."*

„Ich weiß", antworte ich. „Und es sehr ungerecht verteilt auf der Welt."

„So wie Intelligenz, Reichtum, Anstand, und vieles andere. Dies ist eine duale Welt, da ist das eben so." Jesus grinst. *„Lust auf ein Walnusseis?"*

176

Während ich noch über eine Antwort nachdenke, stehen schon zwei Eisbecher vor uns auf dem Tisch. Jesus greift nach dem Löffel. Ich ziehe den Becher langsam zu mir heran und lasse die letzten Tage Revue passieren, während das Eis langsam in meinem Mund schmilzt.

Insgesamt ein fröhlicher Abend, ich gehe tatsächlich sogar noch gegen Mitternacht schwimmen. Die Gedanken an das, was gerade in der Welt passiert und welchen Anteil wir daran haben werden, verblassen.

Der Oberste Kreuzritter ist eine Frau

Am nächsten Morgen werde ich nicht durch einen Knall geweckt, sondern durch den Geruch von Kaffee und frisch gebackenem Brot, der durch mein Zimmer zieht. Meine kleine Welt ist heile. Noch! Mal sehen, was der Tag bringt. Nach dem Duschen gehe ich hinter in den Salon. Hier sitzt unsere kleine Feierrunde von gestern, vermischt mit einigen Angestellten, die hier ebenfalls frühstücken. Ich setze mich zu Luzia.

„Guten Morgen, meine Liebe! Sind die Tage hier eigentlich immer so wie gestern Abend? So weich und angenehm? Ich dachte, dass hier mehr gekämpft wird um den Glauben und die Menschen."

„Das wird es auch. Du wirst schon sehen. Hast einfach einen guten Start gehabt. Hatte nicht jeder hier. Ich muss jetzt auch los." Sie nimmt die volle Tasse Kaffee und geht zum Flur. Allerdings kommt sie nicht weit. Als Jean-Jacques hereinkommt und den Fernseher anstellt, bleibt sie stehen. Er ruft in den Raum: *„Das müsst ihr sehen!"*

Wie so oft versammeln sich die Anwesenden vor dem großen Fernseher, es laufen die Nachrichten auf BBC One. Ein Journalist in einem Kilt berichtet über die Neuigkeiten aus Bern. Dort haben die Kreuzritter eben Ihres getöteten Anführers gedacht und die Führungsspitze neu besetzt.

Journalist: „Die Auszählung der Stimmen ist beendet. Die Anwesenden im Saal sind bereits informiert, wir werden hier live dabei sein, wenn der neue Oberste Kreuzritter nach vorne tritt."

Das obligatorische Klopfen mit den Dolchknaufen ist zu zuhören, dann kratzt ein Stuhl über den Steinboden.

Journalist: „Da ist …, oh, damit war zu rechnen, der neue Oberste Kreuzritter … ist eine Frau. Es ist Ira von Orleans, die bisherige rechte Hand des verstorbenen, äh, … getöteten Jakob Gerstmann. Ich erhalte auch gerade eine Notiz gereicht. Ja, sie wurde mit 92 Prozent der abgegebenen Stimmen in ihr neues Amt gewählt.

Wir werden in den nächsten Tagen sehen, wie sehr ihr Kurs von dem bisherigen abweichen wird. Insbesondere die Frage, wie die Kreuzritter mit dem gewaltsamen Tod Ihres Obersten und den Anschuldigungen des Papstes umgehen werden, ist für die Menschen von großer Bedeutung. Wird der Spalt zwischen Kirche und Kreuzrittern größer werden oder wird es gelingen, ihn zu schließen? Will man es überhaupt? Fragen über Fragen, mit denen ich mich von Ihnen verabschiede.“

Peter steht auf und applaudiert. *„Auch wenn sie es nicht hört, bravo! Eine bemerkenswerte Frau, die ihren Titel wirklich verdient hat. Jetzt müssen wir wirklich abwarten, wie sie die Streitigkeiten mit der Kirche angeht.“*

Ich schaue mich um. Alle gehen langsam wieder ans Buffet oder ihren Arbeitsplatz. Jesus schaut mich fragend an: *„Was ist los?“*

„Ich bin irgendwie überfordert. Vor ein paar Tagen noch saß ich in Frankreich in einem Café mit Ihnen. Mein Gott! Entschuldigung, das sagt man so. Das war das Interview meines Lebens. Sie sehen sich ja jeden Tag im Spiegel, aber für jemand wie mich ist das schon etwas Besonderes, den Sohn Gottes zu interviewen. Den Mann, der 2000 Jahre gelebt hat. Aufgefahren ist in den Himmel. Und

zurückgekommen, um bei der Geburt seiner Kinder dabei
zu sein.

Und jetzt sitze ich hier, irgendwo in England …"

„Schottland! Das ist den Menschen hier wichtig."

„Gut, in Schottland! Und … jetzt haben Sie mich
rausgebracht …"

„Wollen Sie lieber zurück? Nach Le Croisic?"

Ich gehe auf Tauchstation

„Ja, irgendwie schon.“

Und schon sitze ich in dem Café am Hafen, Jesus mir gegenüber und hat, natürlich einen Walnusseisbecher vor sich stehen. Vor mir dampft ein Espresso.

„So besser?“, fragt Jesus vorsichtig.

„Ja!“. Ich greife langsam nach meiner Tasse. Irgendwie muss ich runterkommen, das war doch etwas zu viel in den letzten Tagen. Ein Treffen mit Gottes Sohn, dem echten, eine Anwerbung als Spionin im Vatikan, eine Anstellung im Vatikan, und so viel Explosionen und Ereignisse in der Welt. Ich brauche eine Tasse Kaffee um mich festzuhalten.

„Was wollen Sie wissen?“, fragt Jesus mit leiser Stimme. Ich fühle mich tatsächlich zurückversetzt an das Ende unserer letzten Unterhaltung.

„Ist das alles echt hier? Bin ich wirklich hier? Und jetzt? Oder sind wir irgendwie ein paar Tage zurückgesprungen?“

„Zeitreisen sind nicht mein Ding. Wir sind hier und jetzt. Elea trifft sich heute mit der neuen Obersten Kreuzritterin, Ihr Job als Pressereferentin und Spionin ist vorbei, bevor er überhaupt angefangen hat. Alles ist wirklich passiert und hinter uns. Vor Ihnen ist eine Tasse Espresso und eine grenzenlose Zukunft.“

„Ist es leicht, Gottes Sohn zu sein? So viel Verantwortung! So viel Erlebnisse. Und jetzt auch noch Vater! 2000 Jahre lang auf der Welt! War das Absicht?“

Jetzt bin ich wieder in meinem Element. Die Journalistin erwacht. Deswegen bin ich hier. Das will ich den Menschen vermitteln: Ein Sohn Gottes, der so menschlich ist. Abseits des ganzen Theaters von Religion und Glauben. Der einfach da ist. Und etwas anpackt. Oder eben nicht.

„Was bereuen Sie am meisten?" Ich, für meinen Teil, bereue gerade diese Frage. Zu spät. Es scheint so, dass der Mensch schneller spricht, als er denken kann.

„Nennen Sie es ‚Interview mit Gottes Sohn', das Buch, das gerade in ihrem Kopf entsteht. Ein ähnliches Buch gibt es ja schon. Nur, dass der Autor nicht wirklich mit meinem Vater gesprochen hat.
Deswegen habe ich Sie ja auch hergebeten. Dass auch Sie etwas schreiben über das, was geschieht. Aus Sicht eines unbeteiligten Menschen. Aus der Sicht eines jeden von uns. "

„Uns? Haben Sie gerade ‚uns' gesagt?"

„Ja! Jetzt, hier, bin ich einer von Ihnen. Also uns. Der Sohn Gottes ist eine andere Seite von mir. Aber Sie haben die menschliche Seite angesprochen. Reue ist etwas typisch Menschliches. Das war ja Ihre Frage. Nein, ich bereue nichts was ich in meinem Leben hier getan habe. Und nicht getan habe. Das ist der menschliche Teil in mir. Der göttliche weiß, dass alles, was man guten Gewissens tut, auch richtig ist. In dem Moment, in dem man es tut. Später, nach Tagen, Jahre oder Jahrhunderten zurückzublicken, ob das richtig war, ist eine andere Sache. Ist falsch. Da hat man ja mehr Informationen und die Entwicklung seines Handels als Fakt, nicht als eine mögliche Folge seiner Entscheidung.

Bereuen kann man nur etwas, was man absichtlich falsch macht, also mit dem eigenen freien Willen. "

182

„Also, was soll ich tun?“

„Was wollen Sie tun?“

„Ich? Wieso. Nichts. Mit fällt gerade nichts ein.“

„Dann tuen Sie nichts.“

„Und Sie? Was haben Sie vor?“

„Nichts. Wir werden abwarten. Die Situation in dieser Welt ist gefährlich. Und die Menschen haben die Chance, sie zu ändern. Und daraus zu lernen. Wenn wir eingreifen, lernt die Menschheit nichts dazu.“

„Wissen Sie, wie es weitergeht? Ist alles schon vorherbestimmt?“

„Ich ahne es, aber es muss mir egal sein. Es ist eure Welt, euer Leben. Ich versuche mich in der Zeit als Weinbauer und Familienvater.“

„Wir gehen zurück? Nach Italien?“

„Ich gehe zurück, Sie bleiben hier. Außerhalb der Gefahrenzone.“

„Sie sind in Gefahr?“

Jesus lacht laut los und die Passanten drehen sich irritiert um.

„Nein, ich bin niemals wirklich in Gefahr, außer, wenn ich es so will. Sonst wäre ich ja gar nicht hier. Ich wäre schon

längst am Kreuz gestorben, mit der ‚Santa Maria‘ untergegangen oder vom Esel gefallen.“

Jesus lacht erneut laut auf.

„Entschuldigung! Ich hatte mir gerade das Gesicht von Nikolas vorgestellt, wenn ich damals in Jerusalem einfach an ihm vorbei gegangen wäre, ohne ihn mitzunehmen. Allein das hätte die Geschichte der Menschheit dieses Mal gehörig verändern können.“

„Diese Mal?“ Ich achte auf die Feinheiten, darin bin ich geübt. „Was soll das bedeuten?“

„Ach, davon erzähle ich ein anderes Mal. Wichtig ist, dass Sie erst einmal in Ruhe und Sicherheit ihr Buch schreiben können. Beobachten Sie die kommenden Ereignisse genau und schreiben Sie auf, was es mit Ihnen macht. Wir sehen uns bald wieder.“

Von einer Sekunde auf die andere ist der Sohn Gottes verschwunden, auf seinem leeren Stuhl liegt ein kleines Paket mit Euro-Scheinen und einem Zettel.

„Wenn Sie mich brauchen, komme ich. Einfach die Augen schließen und wünschen.“

Jetzt fühle ich mich doch etwas abgeschoben. Ohne ein Wort des Abschieds, einfach ‚plopp-und-weg‘. So etwas macht man doch nicht! Auch nicht als Sohn Gottes!

Ich lege einen Schein aus dem Bündel auf den Tisch, nippe noch etwas an meinem Espresso und verlasse dann das Eiscafé. Die kleine Stadt kommt mir irgendwie vertraut vor, obwohl ich nur ein paar Tage hier war. An den kleinen Geschäften an der Kaimauer entlang schlendere ich gedankenverloren auf und ab. Was mag jetzt noch

184

geschehen? Warum soll ich das alles in einem Buch niederschreiben? Ich bin Journalistin, ich entdecke Sachen und schreibe Artikel, keine Bücher.

Aber ja, Jesus hat Recht. So viele Gedanken in meinem Kopf, so viele Ereignisse in der Welt, so viele gute Kontakte direkt zur Quelle, da kann ich mir nicht entgehen lassen.
Aber ‚diesen Mal'? Was hat er damit gemeint. Hat schon einmal jemand in seinem Auftrag ein Buch geschrieben? Ich meine jetzt, in der Neuzeit? Wo ist es dann? Kam es überhaupt heraus oder wurde es nie verlegt? Ich werde das mal recherchieren.

Langsam lenke ich meine Schritte Richtung Hotel. Wie ich vermutet habe, ist meine Suite noch auf meinen Namen gebucht. Gerne nehme ich das Angebot an und gehe direkt ins Restaurant, wo ein 5-Gänge-Menü und etwas mehr Wein als nötig auf mich warten.

*

Die nächsten Tage verbringe ich zwischen Meer und Hotelzimmer, diktiere meine Ideen und die vergangenen Ereignisse. Abends korrigiere sie am Laptop.

Und tatsächlich reihen sich in der nächsten Zeit außergewöhnliche Weltereignisse aneinander.

Meine Aufmerksamkeit geht nach Italien. Letzte Woche hatte es dort Neuwahlen gegeben. Ein ungeheurer Rechtsruck ging durch das Land. Die Nationalisten haben haushoch gewonnen. Sie können ohne irgendeine Koalition regieren. Dabei haben sie nicht einmal herausregende Wahlkampfthemen gehabt, im Gegenteil. Sie haben es aber hervorragend verstanden, die Ängste der Bürger vor

Inflation, Migration und Armut noch zu verstärken und in der alten Regierung die Schuldigen dafür zu ‚finden‘.

‚Zurück in die 80er‘ war der Name der Kampagne, der wieder Sicherheit und Wohlstand versprach, ohne konkret auch nur eine Idee zu präsentieren, wie das umgesetzt werden soll.

Erschreckend, dass so viele Menschen ‚zurück‘ tatsächlich für eine Zukunftsperspektive halten.

Der Papst war einer der ersten, der der neuen Regierung gratuliert hat. Er sprach von ‚goldenen Zeiten‘ und einer ‚Regierung von Gottes Gnaden‘.

Gestern habe noch einmal kurz Rom besucht. Ein tiefer Schnitt geht jetzt durch die Bevölkerung. In Wartebereichen, im Hotel und in einigen öffentlichen Bereichen muss man sich entscheiden, ob man PP oder AP ist, ‚Pro Papam‘ oder ‚Anti-Papam‘. Regierung und Religion rücken zusammen, die Gesellschaft spaltet sich zur Zwei-Klassen-Gesellschaft.

Nicht anders ist das übrigens ‚hinter dem großen Teich‘. Ein chinesischer Milliardär hat sich dort quasi die Präsidentschaft erkauft. Er hatte genug finanzielle Mittel, einen beispiellosen Wahlkampf zu finanzieren, die meisten Medien auf seine Seite zu ziehen und eine Lügengeschichte nach der anderen im Internet zu etablieren.

Auch er, Donald Dump, hat es verstanden, mit der Angst der Menschen zu spielen und sie für seine Zwecke zu nutzen. Sein lachendes gelbes Gesicht mit dem blonden Haarzopf hat es jetzt sogar bis auf die Dollarnoten geschafft. Der amerikanische Adler ist abgelöst, er fliegt nicht mehr für die Freiheit. Aus den Vereinigten Statten von Amerika wurde ‚Great America‘.

186

Während ich so in Gedanken über die Weltlage und was mein Buch daran ändern könnte, in die Ferne starre, erscheint auf meinem Bildschirm plötzlich das Wort ‚Pinsa‘ mit einem großen Fragezeichen. Inzwischen habe ich mich an Jesus kleine Streiche und Spontanreisen gewöhnt. Die Nachricht kann ja nur von ihm sein. Wenn ich mit ‚ja‘ antworte, bin ich sicherlich innerhalb eines ‚plopp‘ irgendwo anders auf der Welt, an einem gedeckten Tisch in einem Restaurant oder am Rande eines Vulkans.

Ich habe mich für eine Gegenfrage entschieden, Zeit und Ort will ich schon wissen. Kaum habe ich den letzten Buchstaben von ‚Jetzt‘ getippt, sitze ich schon auf der Veranda des kleinen italienischen Weinguts.

„Ich wollte eigentlich noch ein Fragezeichen tippen.“, sage ich vorwurfsvoll, als Jesus mit einem Glas Wasser auf mich zukommt.

„Und? Warum haben Sie nicht?“, ist seine spitzbübische Antwort, serviert mit seinem umwerfenden Lächeln. Wer kann dem Sohn Gottes schon böse sein?

„Der Papst…“ Jesus antwortet auf meine Gedanken. Ich bin entsetzt. Also kann er es doch, Gedanken lesen.

Jesus beginnt erneut. „Der Papst hat für heute eine weltweite Bekanntmachung angekündigt. Ich dachte, Sie wollen die vielleicht live erleben oder zumindest hier in unserem Kreis vor dem Fernseher.“

Ich drehe mich um. Da sind sie tatsächlich alle im Wohnzimmer versammelt, Anna, Elea, Peter, Pélé, Luzia und Yves, die ‚himmlische Familie‘ mit Anhang.

„Nachher gibt es dann auch die versprochene Pinsa, etwas Salat und das neue Olivenöl aus eigener Ernte."

„Alternativ direkt im Vatikan? In den Gemächern des Papstes?" Ich schwanke leicht bei meiner Entscheidung, direkt vor Ort, das hätte schon etwas. Andererseits, hier fühle ich mich wohl.

„Nein, auf der Pressekonferenz in Rom. In den Räumen der Regierung. Also, wohin?"

„Pinsa von Pélé!", ist meine knappe Antwort, dann führt mich Jesus in das große Wohnzimmer.

Ein Duft von Gebackenem, gepaart mit einem leicht süßlichen Aroma, empfängt mich. Die Anwesenden schauen zu mir hoch, winken mir zur Begrüßung zu. Peter steht auf und gibt mir einen förmlichen Handkuss. Pélé winkt mit einem Handtuch aus der Küche.

Ich setze mich zu den anderen auf einen der bequemen Stühle und rücke ihn so, dass ich auf den Fernseher schauen kann. Manchmal, so wie jetzt, frage ich mich, warum Elea und Jesus sich so unbeteiligt verhalten. Sitzen brav vor dem Fernseher und schauen sich das Weltgeschehen an. Das Geschehen auf der Welt, die sie selbst erschaffen haben.

Ist das Gleichgültigkeit? Nachlassendes Interesse an uns Menschen? Oder einfach nur der Spaß, zuzuschauen, wie ein neues Spielzeug funktioniert? Schließlich denken sie ja in ganz anderen Dimensionen. Hundert Jahre sind nichts für sie.

Der Papst äußert Zweifel an der Religion

Die Sondersendung beginnt. Wir rücken zusammen wie eine Familie und schauen auf den Bildschirm. Zunächst spricht die Ministerpräsidentin Italiens, Angela Meloni, und bedankt sich bei allen Italienern für das ausgesprochene Vertrauen, das Wahlergebnis und die Aufgabe, die jetzt vor ihr steht. Sie versichert, allen Ansprüchen gerecht zu werden und die Ziele ihrer Partei durchzusetzen, so ungewöhnlich sie auf den ersten Blick auf zu sein scheinen. Italien werde wieder den Italiener gehören.

Irgendwie kommt mir das alles sehr bekannt vor. Achtzig Jahre etwa ist es her. Und vier Jahre. Und letztes Jahr. Und bald wohl noch öfter. Jeder will wieder sein eigenes Süppchen kochen. Uns sieht gar nicht, woher die Beilagen in dieser Suppe kommen.

Applaus brandet auf, dann verlässt Meloni das Pult und der Papst hat seinen Auftritt. Er lässt sich feiern, bevor er das Wort ergreift. Zuerst bedankt er sich bei der Vorrednerin für ihre Engagement für das italienische Volk, ihre unbeirrbare Stärke angesichts der Anfeindungen von außen, und für die Ehre, hier seine Rede halten zu dürfen.

Dann beugt sich der Diener Gottes über das Pult, hebt seinen Arm drohend nach oben und beginnt: „**Alles Lüge! Kein Wort in den Medien ist wahr. Die letzten Tage, nein, die letzten Wochen, sogar die letzten Monate sind durchzogen von einem Netz an Unwahrheiten, Lügen und falschen Tatsachen.**

Der Sohn Gottes! Hah! Lächerlich! Seine Schwester! So eine Blasphemie! Eine Frau!"

Applaus brandet auf. Wir sehen uns fragend an.

Es geht weiter.

„Da kommt jemand daher, ohne Vergangenheit. Nennt sich Marquessa von weiß nicht was. Was soll das denn sein? Ein Adelstitel? Aus Großbritannien? Da, wo die anglikanische Kirche noch behauptet, sie habe eine Beziehung zu Gott?"

Buh-Rufe und lauter Applaus lassen den Papst innehalten. Er wartet, bis sich die Menge beruhigt hat. Hebt beschwichtigend, beinahe segnend, die Hand.

„Und dann sagt sie, sie sei die Schwester von Jesus!"

Die Missfallenskundgebungen werden wieder laut.

„Das hieße ja …" Lange Kunstpause. **„… sie wäre die Tochter Gottes!"** Er beugt sich verächtlich noch weiter über das Pult. **„Das hieße ja, Gott hätte eine Tochter.**

Das hieße ja, unsere Religion wäre falsch.

Das hieße ja, unser Glauben wäre falsch.

Das hieße ja, Gott würde sich irren!"

Der Papst reißt die Fäuste gen Himmel, dann schaut er beschwichtigend auf die Menschen, die vor Begeisterung aufgestanden sind.

„Und wenn da so ist …", er lehnt sich zurück und setzt eine fragende Miene auf. **„Und wenn das so ist, dann sind ja wohl Zweifel erlaubt."**

190

Die Menge ruft durcheinander, die Glocke, die zur Ordnung ruft, ertönt mehrfach. In unserem Wohnzimmer wird es dagegen bedrückend still.

„Ja, das ist richtig! Ich höre die Zweifel aus ihren Worten. Der Sohn Gottes! Ich habe ihn ja schon entlarvt. Sie erinnern sich an mein Gespräch auf der Piazza Navone. An diesen Laienschauspieler, der zugab, die Rolle des Sohnes Gottes gespielt zu haben?"

Schreie und Applaus, bestätigendes Nicken überall im Saal.

„Nun, das war noch nicht alles. Nur mir ist es zu verdanken, dass das Volk der Gläubigen, dass die ganze Welt endlich Gewissheit hat: Jesus ist tot!"

Es wird still im Saal, genau so wie bei uns vor dem Fernseher. Wieder hebt der Papst die Stimme an, er hält einen Asservatenbeutel in die Höhe.

„Dieses! Dieses sind die Knochen von Jesus! Sie sind über zweitausend Jahre alt, wie mir kirchliche Experten bestätigen. Zweitausend Jahre!"

Er lässt seine Worte in der Stille wirken.

„Ehrliche Bauern haben sie schon vor Jahrzehnten nahe Jerusalem gefunden. In einem Grab mit einer Grabinschrift, die keine Zweifel offen lässt. Wir haben die Gebeine von Jesus, dem angeblichen Gottessohn, gefunden.

Jesus ist seit zweitausend Jahren tot. Er starb bei seiner Flucht aus Jerusalem.

Und dies ... dies sind seine letzten Überreste."

Der Papst hält noch einmal die Tüte mit dem kaum sichtbaren Inhalt in die Höhe. Gemurmel kommt auf im Saal. Die Menschen müssen diese Behauptung erst einmal verdauen.

Pontifex schaut zufrieden aus. Seine Saat aus Misstrauen und Zweifel ist aufgegangen. Er hebt seine Hand, um zur Ruhe zu bitten. Er wartet betont lange, bis alles im Saal ruhig ist. Die Kamera schwenkt zu den einzelnen Regierungsmitgliedern. Meloni wirkt sichtlich irritiert.

„Und nun …"

Der Bildschirm ist plötzlich schwarz. Wir schauen uns alle gegenseitig an. Zwei oder drei Mal höre ich: *„Das war ich nicht!"*

Elea steht auf und geht zum Fenster. Sie ist aufgewühlt. Lange schaut sie hinaus, dann dreht sie sich zu uns um.

„Das war es mit dem freien Willen. Ich habe keine Lust mehr."

Jesus geht auf sie zu, sie unterhalten sich leise miteinander, dann gehen sie hinaus.

„Weiß jemand, was da gerade passiert ist?", frage ich in die bedrückte Stimmung hinein. Alle schütteln den Kopf. Im Hintergrund höre ich die Babys schreien. Anna verlässt hastig das Wohnzimmer.

Yves redet leide vor sich hin: *„Das ist nicht gut. Das ist nicht gut."*

Ich weiß nicht, ob er die Ansprache, das plötzliche Ende oder die Reaktion von Elea meint. Während ich mir einen

192

Rotwein einschütte, um irgendwie wieder auf andere Gedanken zu kommen, sehe ich Jesus und Elea von draußen zurückkommen.

„Letzte Chance!", sagt Elea. Jesus nickt zustimmend, aber nicht wirklich überzeugt. Ich weiß gar nicht, wie das gemeint ist. Plötzlich flammt der Bildschirm wieder auf.

„Ich bitte Sie, die Unterbrechung zu entschuldigen.", sagt der Sprecher. **„Wir hatten hier einen totalen Stromausfall. Halb Italien ist davon betroffen. Wir senden momentan aus Palermo. Der nördliche Teil Italiens ist noch nicht wieder online. Es hat wohl eine gigantische Explosion im Vatikan gegeben. Wir melden uns später mit weiteren Einzelheiten."**

Ein Videobeitrag wird eingespielt, sanfte Musik, eine Kamerafahrt mit Drohne oder Hubschrauber über wunderschöne Landschaften, wahrscheinlich die Toskana. Ich frage mich, was das alles soll und in wie weit meine Gastgeber in das alles verwickelt sind. Jesus kommt auf mich zu.

„Wir hatten hier eigentlich einen gemütlichen Abend geplant. Die Ansprache des Papstes, nichts Ernstes, vielleicht sogar etwas, um sich darüber lustig zu machen. Dann ein gemütliches Abendessen und etwas Wein. Einfach nur so. Tut mir leid, dass wir Sie da wieder in etwas verwickelt haben."

„Haben Sie ja gar nicht. Das wäre ja auch passiert, wenn ich in Le Croisic geblieben wäre. Oder?" Ich schaue ihn fragend an, herausfordernd. Und setze nach. „Was haben Sie denn damit zu tun?"

Elea setzt sich zu uns. *„Nichts! Außer, dass wir dachten, wir könnten den Dingen Ihren Lauf lassen. Aber irgendwie geht das jetzt alles in eine Richtung, die nicht mehr gut ist. Und irgendwann auch nicht mehr umkehrbar."*

„Was heißt das?"

„Das heißt, dass die Menschheit wieder einmal auf ihre Vernichtung hinsteuert. Wir hatten gehofft, bei so viel Informationsangebot würde sie die Kurve kriegen und nicht jedem Laienprediger blind vertrauen."

„Sie meinen den Papst?" Ich werde leicht rot. Das war frech, auch, wenn man Gottes Tochter ist.

„Den, ja. Und viele andere Staatsführer, die sich in den letzten Jahren an die Macht geputscht haben. Durch Putsche, manipulierte Wahlen und gezielte Desinformation. ‚Antenna Dei' war ein Versuch, dem entgegenzusteuern."

„Aber die Welt geht doch nicht unter wegen so ein paar Knallköpfen mit Diktator-Allüren?" Ganz sicher bin ich mir nicht, ob meine Frage wirklich nur rhetorisch war. Ein mulmiges Gefühl beschleicht mich.

„Wir werden sehen." Pélé kommt zurück in den Raum mit einem Blech köstlich duftender Pinsa. *„Muss jetzt gegessen werden. Ist heiß, sehr heiß. Wenn kalt, nicht gut."* Dann schaut er zu mir.

„Keine Sorge! Alles wird gut. Wird immer gut. Wir haben Freunde. Starke Freunde."

Ich setzte mich an den Tisch, Luzia schaltet den Fernseher aus. *„Gutes Essen und Nachrichten vertragen sich nicht",* sagt sie knapp.

Das Essen ist lecker, die nachfolgende Unterhaltung betont ungezwungen. Ich fühle, dass etwas in der Luft liegt und frage mich, wieso ich ein Teil davon bin. Ich bin doch so unbedeutend wie jeder andere Mensch auf der Straße.

Am späteren Abend kehrt etwas Gelassenheit in unsere kleine Gruppe ein, Luzia schaltet wieder den Fernseher an. Inzwischen herrscht offenbar Klarheit darüber, was passiert ist.

Der Nachrichtensprecher verkündet, dass es nach bisherigen Erkenntnissen zu einer gewaltigen Detonation im Vatikan gekommen sei. Zahlreiche Kardinäle, die zu einer Tagung dort zusammengekommen waren, seien getötet worden. Und offenbar auch Dutzende von Touristen. Soweit man bisher feststellen konnte, sei die Bombe in einem Foodtruck transportiert worden und direkt im Inneren des Castel Sant' Angelo abgestellt worden.

Der Papst habe den Verletzten und den Hinterbliebenen sein Mitgefühl ausgesprochen und noch für den Abend eine Pressekonferenz angekündigt.

„Nun sind alle seine Widersacher in den eigenen Reihen tot. Weshalb war er eigentlich im Regierungspalast in Rom, als das passierte?" Yves schaut auffordernd in die Runde, erntet aber nur Achselzucken und ungläubiges Staunen.

„Das kann nicht sein.", sage ich. „Das kann nicht sein."

„Wer weiß? Ich meine ja nur." Yves zuckt die Achseln und schaut fragend zu Elea.

Sie nickt. *„Es wäre ihm zuzutrauen."*

„Mama Mia, Mama Mia!" Pélé schaut seine Enkelkinder an. *„In welche Welt seid ihr gekommen? Der heilige Papst ein Verräter? Das kann nicht sein."*

„Da haben wir schon ganz andere Sachen mit ihm erlebt, nicht wahr?" Luzia schaut Elea an. Die nickt kurz, in Gedanken. Sie steht auf und sagt knapp: *„Da ist noch mehr. Da kommt noch mehr. Wir sollten jetzt erst einmal schlafen. Sarah, bleibst du hier?"*

Ich nicke. „Gerne!" Ich bin wirklich müde und habe keine Lust, gleich allein in meinem Hotelzimmer zu sitzen.

*

Am nächsten Morgen bin ich trotz der vergangenen Ereignisse ausgeruht und gut gelaunt. Ich treffe die anderen unten im Frühstückszimmer und fühle mich tatsächlich, als würde ich zur Familie gehören.

Beim Frühstück verliert keiner ein Wort über das Geschehen vom Vortag. Ist es Gleichgültigkeit oder Vertrauen darauf, dass alles gut werden wird. Ist denn keiner neugierig?

Schon fast wie ein Ritual, nach dem Essen versammeln wir uns wieder vor dem Fernseher. Luzia schaltet ein, zappt durch die Kanäle. Eine Flut von unterschiedlichen Informationen prasselt auf uns ein.

Die einen behaupten, das Attentat sei von den Kreuzrittern verübt worden. Es sei nur einem Wunder zu verdanken, dass der Papst überlebt habe.

Die Kreuzritter hingegen beteuern ihre Unschuld und reden von einer Verleumdungskampagne.

196

Elea verlässt kurz das Zimmer. Als sie zurückkommt, erklärt sie: *„Die Kreuzritter waren es nicht. Ich habe eben mit der Obersten Kreuzritterin gesprochen.“*

Keiner zieht das in Zweifel. „Wer dann?“, frage ich.

„Wir werden es sehen. Lass uns die nächsten Tage abwarten.“

Ich entscheide mich, hier in Italien zu bleiben. Hier kann ich mein Buch auch fertigstellen. Ich bin ja sogar noch viel näher an der Quelle.

*

Während ich von morgens bis abends an meinem Buch arbeite, gehen die anderen ihren ‚Jobs‘ nach. Luzia, Elea und Peter sind mal hier, mal in Schottland und verbreiten ihre Erkenntnisse und Nachrichten über ‚Antenna Dei‘. Jesus ist oft mit Pélé in den Weinbergen oder spielt mit den Zwillingen. Anna betreibt einen kleinen online-Handel mit Kräutern. Yves scheint diverse Botengänge zu erledigen und immer wieder in North-Berwick vorbeizuschauen. Zu den gemeinsamen Mahlzeiten ist mal der eine, mal der andere anwesend. Wie eine richtig kleine Familie.

Die Lage spitzt sich zu

Abseits dieser friedlichen Idylle braut sich einiges zusammen.

Völlig unerwartet hat China die Verantwortung für das Attentat übernommen. Sie bezeichnen es als Vergeltung für den Zusammenbruch der Chinesischen Mauer, für den der Vatikan verantwortlich sein soll.

Dem Papst war dieses Geständnis gar nicht Recht. Er wollte die Kreuzritter unbedingt als Schuldige brandmarken und entwickelte daraufhin die Theorie, dass diese mit China gemeinsame Sache gemacht hätten.

Italien bestellte als Reaktion darauf den Schweizer Botschafter ein und verlangte die Auslieferung der Verantwortlichen und eine finanzielle Gutmachung in Milliardenhöhe.

Die Schweiz betonte erneut ihre Neutralität und gewährte allen ‚ehrlichen Steuerzahlern' Schutz in ihrem Land. Eine Vermögenssteuer für die Kreuzritter wurde eingeführt.

China versuchte, die Flucht seiner Landsleute mit militärischen Mitteln zu stoppen. Es gab viele Tote und auch Scharmützel mit den Nachbarländern.

Letzte Woche hat der Papst öffentlich dazu aufgerufen, den chinesischen Christen zur Hilfe zu eilen. Die Pflicht aller Gläubigen sei es, sich unter der Fahne mit dem Symbol des Fisches auf den Weg nach China zu machen.

Tatsächlich sind bereits Hunderttausende aufgebrochen, um China ‚den wahren Glauben' zu bringen.

In Great America hat der Präsident die Verfassung außer Kraft gesetzt, alle Richter entlassen und den Erdteil zu seinem Königreich erklärt. Die Hälfte der Bevölkerung, die ihn gewählt hatte, begrüßte das jubelnd. Endlich ein wahrer Führer!

*

Elea wirkt wirklich verzweifelt, wenn sie hier einmal zu Besuch ist und sich mit ihrem Bruder bespricht. Manchmal scheinen sich beide nicht einig zu sein, wie es weitergehen soll. Jesus möchte den Dingen ihren Lauf lassen, wie schon seit 2000 Jahren. Elea möchte einerseits eingreifen, sieht andererseits aber ihre Gabe des freien Willens dadurch gefährdet.

Ich verstehe nicht, wie man Ebbe und Flut, einen Schmetterling, oder auch das Schnabeltier erschaffen kann und dann einfach so untätig dasteht, wenn die Welt den Bach runter geht.

Aber ich bin ja auch nur ein Mensch. Und die beiden inzwischen vielleicht auch mehr, als sie wahrhaben wollen.

Menschlichkeit ist ansteckend.

Oder? Wenn ich mich in der Welt umsehe, sind es eher Egoismus und Machtgier, die die anderen infizieren.

Heute ist mir aufgefallen, dass mein Buch ja wahrscheinlich nie fertig werden wird. Es geschieht ja immer noch etwas Neues, das ich aufschreiben kann. Aus meiner Sicht der Dinge. Die natürlich subjektiv ist, obwohl ich mich für objektiv halte.

Der Papst erklärt den Krieg

„Sondersendung!" Das Wort reißt mich aus meinen Gedanken. Yves, Jesus, Pélé und ich gehen hinein, Luzia sitzt schon vor dem Fernseher. Der Papst ist zu sehen. Er spricht von einem ungeheuerlichen Verbrechen gegen die Menschlichkeit.

Mehrere Gruppen, die sich in seinem Namen zum ‚Fischzug' nach China aufgemacht haben, sind an der Grenze zu Russland aufgehalten worden. Als sie in ihrem heiligen Eifer versucht hatten, sich gewaltsam ihren Weg nach China zu bahnen, seien sie vom Militär angegriffen und vernichtet worden. Daraufhin hätten auch die Teilnehmer anderer ‚Fischzüge' zu den Waffen gegriffen und seien gnadenlos bekämpft worden.

Ich verstehe sein Entsetzen nicht so ganz, schließlich sollte man doch die Ländergrenzen respektieren. Auch, wenn die Reaktion vielleicht unangemessen war. Jetzt hat es eine Art Schneeballeffekt gegeben, die Gewalt breitet sich aus.

Der Papst zeigt Fotos von getöteten Kindern, mit der Fahne des Fisches in der Hand. Er wirkt dem Zusammenbruch nahe. Dann erhebt er drohend die Faus zum Himmel.

„Und ich sage euch, wenn es einen Gott gäbe, das hätte er niemals zugelassen. Das ist unmenschlich. Friedliche Menschen sterben im Zeichen des Fisches.

Eine angebliche Tochter Gottes, von mir entlarvt.

Ein Sohn Gottes, der immer noch unter uns weilen soll. Obwohl ich seine Knochen in der Hand gehalten habe.

Ich frage mich, ob es ihn überhaupt jemals gegeben hat.

200

Ich frage mich, ob es überhaupt einen Gott gibt.

Und ich sage euch, es gibt keinen Gott!

Gäbe es einen Gott, würden wir in Frieden leben.

Gäbe es einen Gott, die Bilder hier hätte es niemals gegeben.

Lasst ab von eurem falschen Glauben!

Folgt mir im Zeichen des Fisches!
Nieder mit den Ungläubigen!

Folgt mir!"

Der Papst steht auf. Das Fernsehbild erlischt.

Wir stehen auch auf. Schauen uns ungläubig an. Was war das? Das kann doch nicht ernst gemeint gewesen sein. Ist er jetzt völlig durchgedreht?

Unerwartet beginnt der Boden unter unseren Füßen zu wackeln. Mitten im Raum entsteht ein helles Licht. Erst so groß wie eine Erbse, dann immer größer werdend. Ein Brummen ertönt. Unirdisch. So wie ein Donnergrollen rückwärts.

Dann steht da vor dem Fernseher eine große, männliche Gestalt mit weißem Bart, einer Pfeife im Mund, einer Gießkanne in der Hand und in leuchtend roten Gummistiefeln.

Das Ende vom Anfang

„NUN, WAS habe ich euch gesagt?", fragt die Gestalt mit rauer Stimme. Wir stehen alle wie versteinert da.

„Zweitausend Jahre als Mensch herumwandeln und beten. Das wird Nichts.

Und dann ein paar Jahre gegensteuern. Mit Informationen. Hah!

Freier Wille! Pah! Das konnte doch nichts werden.

Seht es endlich ein."

„Hallo Papa!" Jesus löst sich als Erster aus der Starre und winkt der Gestalt unbeholfen zu.

„Soll ich wegknipsen, den Papst?" Gott wirkt ungeduldig.

Elea ergreift das Wort. *„Nein, das hilft doch gar nichts. Dann folgt ein neuer und nichts ändert sich. Und der alleine ist es ja auch gar nicht. Wir schaffen das schon. Ohne dich."*

Gott lacht laut, es klingt drohend. Die Wände wackeln, draußen blitzt und donnert es.

Elea setzt nach: „Haben wir dich gestört? Warst du wieder im Garten Eden?" Sie schaut auf seine roten Gummistiefel.

Gott zeigt Humor. *„Nein, ich komme direkt von meiner Tangostunde. Im Ernst, Kinder, das kann so doch nicht weiter gehen. Noch ein paar Tage, und alle schlagen sich gegenseitig die Köpfe ein. Seid ehrlich, es hat nicht funktioniert.“*

Elea und Jesus schauen sich gegenseitig an. Fragend. Dann nicken sie gleichzeitig.

„Also gebt ihr auf?“ Die Worte brennen in der Luft, sind überall.

„Ja! Nein!“, sagt Jesus. *„Wir versuchen es noch einmal. Ich werde mich bemühen, Frieden und Glauben zu verbreiten, indem ich mich in Jerusalem nicht auf die Wanderschaft mache. Ich werde ihnen zeigen, dass wahrer Glauben bis in den Tod hinein geht. Die Menschen werden mir nacheifern und ihren Frieden finden. Sie werden eine neue, bessere Religion entwickeln. Von Freiheit und Liebe.“*

Elea schüttelt ungläubig den Kopf. *„Träumer!“*, sagt sie leise. Und dann etwas lauter: *„Vielleicht sollte ich ihnen den freien Willen nehmen? Sie können eh nichts damit anfangen. Aber, Brüderch3en, wenn wir wieder von vorne anfangen, was wird aus deinen Kindern?“*

„Die werden nie geboren sein. Und ich bin dann ja auch gar nicht da. Ich lasse mich einfach kreuzigen und wir schauen mal zu, was sie dann aus unserer Erde machen.“

Ich verstehe das alles nicht so ganz. Also eigentlich gar nicht. Fängt jetzt die ganze Geschichte von vorne an. Die ganze Menschheit noch einmal? Dieses Mal mit einem gestorbenen Jesus? Was soll das denn bringen?

Und was wird aus meinem Buch? Was wird aus der bisherigen Geschichte? Was wird aus mir? Die Welt um mich verschwimmt, alles wird schwarz, wankt, fällt in sich zusammen.

Ich verliere mein Bewusstsein.

Meine Welt endet, laute Worte hallen überall, wie Donner in den Bergen. Es wird hell und dunkel gleichzeitig. Unendliche Stille explodiert.

Am Anfang
war
das Wort

Eine humorvolle und berührende Geschichte um einen dementen Jesus im Jahre 2024
aus der Trilogie **"Himmel auf Erden, muss das sein?"** von Eva-Lena Sund

… und so ging es weiter: